신분상승 가속자

신분상승 3
가속자

초판 1쇄 인쇄일 2016년 7월 19일 ∣ **초판 1쇄 발행일** 2016년 7월 22일

지은이 철갑자라 ∣ **펴낸이** 곽중열 ∣ **담당편집 팀장** 이범수
편집부 신연제 이윤아 홍현주 김유진 임지혜

펴낸곳 (주)조은세상 ∣ 출판등록 제 2002-23호
주소 경기도 연천군 미산면 청정로 1355
TEL 편집부 02)587-2966 ∣ FAX 02)587-2922
e-mail bukdu@comics21c.co.kr

ⓒ철갑자라 2016
ISBN 979-11-5832-592-3 ∣ ISBN 979-11-5832-589-3(set) ∣ 값 8,000원

철갑자라 현대판타지 장편소설

③

NEO MODERN FANTASY STORY

신분 상승 가속자

북두
(주)좋은세상

CONTENTS

NEO MODERN FANTASY STORY

신분상승 가속자

1장 - 추종자 달팅

-바로 맞췄다.

2011위의 진심과 그가 얼마나 그걸 오래 지킬지 확인할 길은 없었다.

그냥 지금 정답을 말해준 걸로 만족해야 했다.

-프리프로그는 앞으로 쭉 약자들의 조직이 될 것이다! 설사 우월자가 가입하더라도, 오로지 지도만 할 뿐 약자들을 함부로 대하진 못할 것이다! 그리 되면 투표하여 대포 세례를 받게 될 지니!

"꿀라라락!"

"꿀라락!"

프리프로그에게 혁신적인 개념을 심어주었다.

설사 약한 마물이라도 여럿이 모여 대포를 쓰면 강자를

죽일 수 있다는 것.

그것은 조직 내에서도 적용되는 얘기였다.

이제는 서열 뿐 아니라, 실제 인정받는 지도자가 끝내 생존하게 되겠지.

-2011위. 대포의 비밀을 최대한 많은 마물들에게 퍼뜨려라. 프리프로그 내부로만 지키지 말고.

-위대하신 3층 주인의 명을 따르겠습니다. 영광입니다.

2011위에게 대포의 메커니즘을 알려주었다.

여러 가지 최적화 사항도 일러주었다.

그러자 뫼비우스 초끈이 기대했던 반응을 보였다.

[추종자 퀘스트 완료. 신분상승 시 추종자로 등록돼 있는 달텅과 함께 올라갑니다.]

더 이상 망설일 필요가 없었다.

나는 3층에 충분히 많은 것들을 남겼다.

3층 마물들은 길이길이 카몬이란 이름을 기억할 것이다.

[신분상승 선택.]

멀찍이서 날 올려다보는 달텅을 확인한 뒤 눈을 감았다.

상당히 오래 걸릴 거라 생각했다.

135층까지 올라가는 데 말이다.

중간에 99층도 이제 의미 있는 층이었다. 남궁철곤이 서식하는 곳이었으니.

다행이 뫼비우스 초끈은 생략 보상을 품은 퀘스트를 준비해놓고 있었다.

이로써 조금 더 확실해졌다.

뫼비우스 초끈을 묵묵히 따르다 보면, 승리의 길로 접어들 수 있다는 걸 말이다.

[14층에 오신 걸 환영합니다. 생존하세요.]

반가운 문구가 보였다.

보상 덕에 4층이 아닌 14층에서 눈을 뜨게 됐다.

[층수가 올라 뫼비우스 숙련도가 상승했습니다!]

[낮의 갑질 능력이 특정 비율로 상승했습니다!]

[현재 뫼비우스 초끈 숙련도 (14층급 E+). 흡수 능력 칸: 2개.]

-모드를 선택하시오.

[학습력 2000% / 능력 흡수 / 2성 각성.]

"케헥헥!"

모든 게 새로운 수준으로 진보했다. 더더욱 우월해졌다.

뫼비우스 초끈의 숙련도가 오르며 3가지 권능 역시 업그레이드되었다.

학습률2000%와 능력 칸이 2개로 늘어난 것이 제일 반가웠다. 이번에도 효율이 2배가 된 것이라 실제 효과는 더더욱 거대할 것이다.

뿐만 아니라 낮의 갑질 능력까지 올랐다고 한다.

갑질 포인트 소모 비율이 제법 내려갔겠지.

"캬헥헥헥!"

나는 달리고 있었다.

내가 원해서가 아니라, 어떠한 힘에 의해 억지로 달리고 있었다.

일단은 환경에 적응하는 게 먼저다.

달텅은 나중에 찾아야지.

치지지직!

몸을 휘감고 도는 전류가 느껴졌다.

현재 내가 가진 육신은 하이에나의 것을 닮아있었다. 추가로, 온 몸의 뼈가 자성을 띄는 금속으로 이루어져 있었고 모든 근육이 반투명했다.

주변의 마물들도 마찬가지였다.

"캬헥헥!"

나와 마물들은 거친 숨을 내뱉으며 달리는 중이었다.

아무리 세심하게 자각해도, 내가 원해서 달리는 게 아니었다.

몸의 일부인 자성을 띄는 뼈가, 어떠한 힘에 의해 인위적으로 움직여지고 있었다. 마치 기계학 서적에서 본, 서보모터에 의해 구동되는 4바 관절과 비슷한 느낌이었다.

그래서 나와 다른 마물들은 가만히 있어도 달리는 상태였다.

"캬헥헥헥! 비켜!"

마물 하나가 나를 툭 치고 지나갔다. 나보다 덩치가 커서 그런지 속도 역시 조금 더 빨랐다.

14층에선 드디어 페로몬을 쓰지 않고 말을 하는구나.

"케헥헥! 나도 안쪽에서 뛰고 싶다. 그럼 더 편할 텐데."

자유롭게 돌아다닐 수 있는 1층부터 3층까지와 달리, 14층은 특수하게 규정된 생태계였다.

까마득하게 거대한 14층 전부가 겹겹의 트랙〈Track〉으로 구성돼 있었다.

나를 포함한 모든 마물들은 타원형의 길을 따라 자동적인 질주를 계속해야 했다. 같은 길을 계속 돌고 도는 모습이었다.

게다가 그 구성마저도 매우 정돈된 형태였다.

가장 바깥 쪽 트랙에는 주로 나같이 작고 마른 마물들이 달리고 있었다.

"캬헉헉!"

아이러니하게도 바깥쪽이라 지름이 커서, 되레 달려야 하는 1바퀴 거리가 길었다.

"컹컹!"

그와 반대로 안쪽 트랙을 달리는 마물들은 근육질로 가득 차 있는 건 물론, 몸에 금속질 갑옷이나 뿔을 두르고 있었다.

달리는 속도가 빠른 데 더해, 안쪽 트랙인 지라 달려야 하는 1바퀴 거리도 짧았다.

콰르르릉!

트랙의 정중앙에는, 단 한순간도 멈추지 않는 굵직한 번개 기둥이 위치해 있었다.

콰르릉! 쾅쾅!

번개 기둥은 분명 위쪽으로 뻗어 올라가고 있었다.

폐기물이나 배설물 등은 투명한 원기둥을 통해 곧장 13층으로 내려가는 모습이었다. 14층을 생략한다는 뜻이었다.

식사도 배설도 없는 구간이라.

오로지 질주와 자성을 띠는 금속 뼈, 그리고 트랙과 번개 기둥만 존재했다.

"케헥헥! 저기요!"

머릿속에 어느새 새겨져 있는 마물 언어로, 앞에 달리고 있는 마물에게 말을 걸었다.

"뭐야! 귀찮게 시리!"

축 쳐진 표정을 한 마물이 대꾸했다. 달리는 속도는 나보다 약간 빨랐다.

"저희는 뭘 먹고 삽니까?"

"무슨 개소리야. 그냥 순환점을 지나치면 에너지가 충전되잖아. 먹는다는 건 다른 층 얘기 아닌가?"

"케헥헥. 그렇습니까? 순환점이요?"

"그래, 바로 저기다. 너 방금 생성됐나 보구나. 가만히만 있어도 알 걸 모르다니."

앞에 있는 마물도 생성이란 말을 썼다.

자세히 묻고 싶었지만 일단 참았다.

"감사합니다, 헥헥!"

나는 분명 숨이 차는 걸 느꼈다.

그럼에도 달리기 위해서 어떠한 노력도 하지 않았다. 여전히 나는 트랙을 따라 전진했다.

치지지직!

마침내 앞 마물이 말한 순환점에 도달했다.

순환점은 붉게 빛나고 있었는데, 모든 겹겹의 트랙이 같은 선상에 순환점을 품고 있었다.

콰우우웅!

붉은 기운이 빠르게 온 몸에 스며들었다.

"컹컹!"

그러면서 나도 모르게 짖었다.

온 몸에 힘이 넘쳐흘렀다. 가빠 올랐던 숨도 일순간에 가라앉았다.

설마 식사가 필요 없는 이유가 이건가!

그냥 가만히 자동 질주를 누리다가 자동 충전을 받으면 되는.

그야말로 3층에 비해서도 훨씬 우월한 생태계였다. 비록 생태계 자체는 상당히 제한돼 있지만, 생존 자체는 모든 게 자동적이었다.

단순히 말하면 아무 것도 하지 않아도 생존이 가능했다. 물론 편하기만 하진 않았다.

"커헉헉, 저기요!"

앞에 있는 마물에게 다시 말을 걸었다.

아쉽게도 붉은 지점을 지나쳐 충전된 힘은 다시 사그라들기 시작했다.

충전이라는 개념답게, 자동 질주에 에너지가 소모되나 보다.

"케헉헉, 귀찮게 자꾸 뭐야!"

14층 마물들은 숨이 차서 그런지 말하는 걸 꺼려하는 듯했다.

"여기선 어떻게 하면 죽습니까?"

"너처럼 자꾸 귀찮게 하면 물어뜯어서 죽이지! 아니면 한 트랙에 너무 개체 수가 많아지면 죽이기도 한다."

설명을 해주다 앞쪽 마물이 한참 멀어졌다.

목소리가 닿지 않을 정도였다. 그간의 속도 차가 아예 거리를 벌린 것이었다.

"아니면 수명이 다해 죽어요."

바깥 쪽 트랙을 돌던 마물이 말을 이어주었다.

달리는 거리가 미세하게 더 길어서 얼추 나와 평행하게 달리고 있었다.

"케헥헥, 그런데 이렇게 한꺼번에 달리다 보면 자주 부딪치고 길이 겹치지 않나요? 헥!"

"헥헥! 물론이죠. 그래서 개체 수를 줄이려고 서로를 잡아먹습니다. 안으로 갈수록 심해져요."

"케헥헥. 쉽지 않네요."

"그러게요. 맘처럼, 헥헥, 멈춰서 쉴 수도 있는 것도 아니고."

문득 의문이 들었다.

과연 멈추는 것이나 더 의지를 내서 가속하는 게 불가능한 것일까.

"케헥!"

억지로 움직여지는 금속 관절에 힘을 불어넣었다.

그러자 아주 조금 달리는 속도가 느려지는 게 느껴졌다. 이번엔 반대로 달리는 관절의 방향에 자연스레 힘을 불어넣었다.

그러자 아주 미세하게 속도가 빨리지는 게 느껴졌다.

설마 14층 태반의 마물들이 이 사실을 모르는 것인가.

뫼비우스 초끈이 가속에 시동을 걸어주듯, 지령을 내렸다.

[학습률2000% 상태에서 10바퀴를 완주하라.]

이제껏 내가 신분상승에만 몰입할 수 있었던 이유는 우월해지는 쾌락 덕분이었다.

다른 마물과 비교하여서가 아니라, 순전히 나 스스로와 경쟁하는 게 기본 마음가짐이었다.

"케헥헥헥!"

[학습률2000% 선택.]

나는 본격적으로 경주를 시작했다.

생각해보면 다른 마물들에겐 동기가 없었다.

가만히 있어도 생존이 유지되는데, 굳이 힘을 내서 속도를 늦추거나 가속할 필요가 없는 것이다.

2층 마물들이 연속 식사를 하지 않는 것과 비슷한 원리였다.

"케헥헥헥!"

하지만 나는 달랐다.

나는 분명한 목표가 있었고, 매순간 앞으로 나아갈 의지가 있었다.

턱, 턱!

조금씩 힘을 주어 달리는 속도를 높였다.

아직은 근육이 반투명할 정도로 원시적이라 큰 차이는 없었다.

[학습률2000% 선택.]

3층에선 정화 물질을 먹는 것이 경험치를 얻는 방법이었다.

그리고 보면 잡아먹는 게 불가능한 층이었다.

그나마 비슷한 행동이, 약한 마물의 입주머니를 터뜨려 급히 정화물질을 마시는 거지.

14층은 달리는 게 경험치를 누적하는 행위가 아닐까 생각했다.

"헥헥! 헤엑!"

하지만 아무리 달려도 레벨이 오르지 않았다.

그러다 시간이 지나 순환점이 가까워졌다.

바깥 쪽 트랙이라 정말 완주해야 하는 거리가 머네.

안 그래도 속도가 빠른 편이 아닌데 말이지.

-레벨 업! [Lv.44 / 힘: 44 / 민첩: 44 / 지구력: 44 / 지능: 44]

[카몬 - 14층 - 8억 5312만 2100위.]

순환점을 통과하자 붉은 기운이 몸에 스며들며 레벨이 올랐다. 잠시나마 컨디션이 최상이 되어서 기분 역시 좋아졌다.

14층은 충전이 곧 성장의 계기이기도 한 거 같다.

그렇다면 빠르게 도는 건 물론, 안쪽 트랙에 있을수록 성장에 유리하다는 것이었다.

학습률2000%답게 1바퀴에 44레벨이 올랐다.

"컹컹!"

다시 달리면서 안쪽 레인을 쳐다보았다.

3층 못지않게 덩치 차이가 나는 마물들이 저 멀리에 보였다.

"캬헥헥!"

적어도 당장 가까이 있는 트랙의 마물들은 굳이 자처해서 가속을 하지 않았다.

적어도 달리는 도중 조금씩 자신의 몸을 쓸 줄은 아는 거 같았다.

말을 하는 거만 봐도 알 수 있지.

"캬헉허억. 잠시 실례 좀!"

"어딜 건방지게!"

텅!

바깥 마물 중 하나가 슬쩍 안쪽 트랙으로 노선을 바꾸었다. 그러자 훨씬 큰 마물이 몸통으로 바깥 마물을 쳐서 쫓아냈다.

"깨앵!"

한껏 구른 마물은 자성에 의해 강제로 몸이 질주 방향으로 끌려졌다.

하지만 이미 다리가 엉켜서 쉽게 일어서지 못하고, 질질 끌리기만 했다.

자세를 회복하려 해도 몸이 질질 끌리는 바람에 계속 넘어졌다.

"캬아!"

"커엉! 컹!"

원치 않게 쫓겨난 마물은 트랙의 장애물이 되었다.

그리고 주변 트랙의 마물들은 결코 기회를 놓치지 않았다.

"깨애애앵! 끼잉!"

지나가면서 한 입씩 마물을 뜯어먹는 것이었다.

"캬아악!"

"깨앵!"

결국 수차례 뜯어 먹힌 마물은 뼈대와 몸통의 살점 일부밖에 남지 않게 됐다.

트르르륵.

저거였구나.

트랙 전반에 걸쳐서 듬성듬성 금속 장애물들이 자리를 잡고 있었다.

천천히 승화하는 모습이긴 했지만, 숫자가 결코 적지 않았다.

죽은 마물의 금속 뼈대는 하나로 뭉쳐들어 기괴하고 작은 기둥을 형성했다.

그리곤 조금씩 가스로 화했다.

생명력을 잃은 뼈는 저런 식으로 장애물이 되다가 끝내 사라지나 보다.

"헥헥헥!"

섣불리 안쪽 트랙으로 이동했다간 공격을 받는다.

"헤엑!"

내 앞에도 장애물이 하나 나타났다. 여러 마리의 뼈가 합쳐졌는지 크기가 제법 있었다.

탓!

나는 급히 바깥 노선으로 위치를 바꾸었다가 다시 원래 트랙으로 돌아왔다.

이제야 트랙의 반을 돌았다.

다음 순환점까지 또 기다려야겠군.

"커허헉, 헥헥!"

그러다 문득 기다리기만 할 필요가 없단 생각이 들었다.

내겐 학습률2000% 외에도 다른 권능이 존재했으니.

[2성 각성.]

꾸드드득.

온 몸의 근육이 단단하게 부풀어 올랐다. 그와 함께 근육에 검은 핏줄이 솟아올랐다. 추가로 감도는 전류를 금속 뼈대가 더더욱 강하게 빨아들였다.

턱턱, 턱!

달리는 속도가 확실히 빨라졌다.

"케헥헥!"

거기다 가속을 위해 근육이 불어넣는 힘도 눈에 띄게 상승했다.

치지지직!

-레벨 업! [Lv.45 / 힘: 45 / 민첩: 45 / 지구력: 45 / 지능: 45]

아차.

각성에 취해 질주한 나머지, 학습률2000% 권능을 갖추지 않은 상태로 순환점을 통과했다.

그래도 다른 마물들보다 기본 학습률이 높아 레벨 업을 하긴 했지만, 겨우 1 수준이었다.

"헥헥!"

순환점을 통과하기 직전에 권능 모드를 재설정해야겠구나.

그러면 최대한 빨리 내게 주어진 트랙을 돌면서도, 가속 성장의 혜택을 볼 수 있다.

"헥헥헥!"

"케헥헥! 젠장. 왜 우리만 바깥쪽을 돌아야 돼. 안 쪽 놈들은 더 빠르고 강하게 달릴 수 있을 거 아냐."

"헥헥, 그러게. 이해가 안 되네. 왜 더 잘난 놈이 더 쉬운 길을 가는 거야? 그렇게 강하고 빠르면 이런 기나긴 길도 쉽사리 달릴, 허어억, 거 아냐? 우리 같은 것들은 안쪽을 돌고!"

각성하고 달리는 도중 다른 마물들이 하는 말을 들었다.

확실히 14층 생태계는 전형적인 빈익빈부익부 구조였다.

더 빠르고 강할수록 더 짧은 트랙을 돌았다.

만약 안쪽 마물들이 의지적으로 기본 속도 이상을 달리고 있다면, 매순간 더더욱 격차가 벌어질 테였다.

"헤엑, 헥! 멍청이들아! 당연히 잘났으니까 더 쉬운 길을 가지. 굳이 왜 사서 고생을 하겠어? 나 같아도 너희들한테 이 트랙을 양보 안 한다!"

"헥헥, 그런가요!"

안쪽을 달리던 마물이 지나가면서 불평을 하던 마물들에게 꾸중을 놓았다.

 그의 말도 틀린 건 아니었다.

 강한 자들은 리치 핏 세력처럼 이득과 특혜를 독차지하려 할 것이었다.

 굳이 긴 트랙을 감당할 수 있다고 하여 안쪽 트랙을 양보할 이유가 없었다.

 "헤엑, 헥!"

 [학습률2000% 선택.]

 -레벨 업! [Lv.89 / 힘: 89 / 민첩: 89 / 지구력: 89 / 지능: 89]

 이번엔 순환점을 그냥 지나치지 않았다.

 학습률을 제대로 설정하자 다시 1바퀴 당 44레벨이 상승했다.

 규정된 생태계답게 레벨 업도 상당히 정량적이었다. 설마 모든 트랙이 같은 수준으로 레벨 업을 하려나.

 툭!

 "케헥! 뭐야, 어떤 멍청, 깨갱! 죄송합니다!"

 안쪽 트랙 마물이 추월하려다 살짝 나와 부딪쳤다. 그러다 훨씬 큰 나를 보곤 얼른 사과를 했다.

 왜 자기보다 큰 마물이 바깥 트랙에 있냐는 의문 가득한 표정이었다.

 [2성 각성.]

폭발적으로 성장한 것에다 각성까지 한 터라 지금 트랙에선 내가 제일 덩치가 컸다.

한 칸 안쪽의 트랙에 가도 밀리지 않는 덩치였다.

실험을 한 번 해봐야겠네.

틱틱틱!

"케하악! 왜, 왜 그러십니까! 설마 부딪쳤다고 이러십니까!"

가속을 해서 금세 나와 부딪친 마물을 따라잡았다. 나보다 안쪽에 있더라도 내가 더 속도가 빨라 따라잡을 수 있었다.

[학습률2000% 선택.]

이 층은 각성과 학습률 설정을 상당히 자주 바꿔야 하네. 집중력을 잃으면 안 되겠다.

"캬아악!"

어차피 멈춰서 잡아먹을 수가 없었다. 아직 속도를 늦출 순 있어도 제동은 불가했다.

나도 전에 본대로 대상 마물의 둔부를 뜯어먹었다. 두부 같은 식감의 살점을 꿀꺽 삼켜 넘겼다.

-레벨 업! [Lv.100 / 힘: 100 / 민첩: 100 / 지구력: 100 / 지능: 100]

얼마 지나지 않아 레벨이 100에 도달했다.

속도감 있는 14층답게 성과가 나쁘지 않다.

"커허억, 헉!"

흥미로운 점은 순환점 통과가 동족 포식보다 효과가 좋다는 것이었다.

물론 병행할 수 있는 요소들이었다.

달리는 중엔 동족 포식을 하다가, 순환점 통과 때 성장 혜택을 보면 된다.

"케헤엑! 헥!"

두 줄을 넘어 안쪽 트랙으로 이동했다.

"케헥, 젠장. 너는 또 어디서 나타난 거야!"

다행히 새로 이동한 트랙의 마물들은 날 공격하지 않았다. 그냥 경계하기만 했다.

각성을 하지 않았어도 충분히 새로운 트랙을 달릴 만큼 내가 컸기 때문에.

"헤엑!"

하지만 각성하지 않고 동족 포식을 할 정도로 내가 압도적이진 않았다. 그래서 일단 순순히 10바퀴를 채웠다.

내내 질주하다가 순환점 통과 직전에 학습률2000%를 선택했다.

[퀘스트 완료. 추가 경험치가 지급됩니다.]

-레벨 업! [Lv.467 / 힘: 467 / 민첩: 467 / 지구력: 467 / 지능: 467]

얼마 지나지 않아 다시 트랙에서 가장 큰 마물이 됐다.

생태계가 규정돼 있으니 장점도 꽤 많은 거 같다. 1층부터 3층은 마물들이 서열에 따라 마구 섞여있었는데, 이곳은 어느 정도 분류가 돼 있었다.

그래서 월등히 강한 마물을 마주할 걱정이 없었다.

무조건적으로, 꾸준히 성장하는 내 입장에선 반가울 수밖에 없었다.

언제 이빨을 드러내고 언제 고개를 숙여야할지가 명료했으니.

[학습률2000% 선택.]

"캬아아아!"

각성을 풀고 주변 마물들을 마구잡이로 물어뜯었다.

열심히 달리는 도중 연속적으로 살점을 삼켜 넘겼다.

다친 마물들 태반은 충격을 이기지 못하고 고꾸라져 땅을 굴렀다.

"캬아아!"

"캬악!"

그러면 지나가던 다른 마물들도 포식에 동참했다.

-레벨 업! [Lv.544 / 힘: 544 / 민첩: 544 / 지구력: 544 / 지능: 544]

텅!

너무 한꺼번에 마물들을 죽여서 그런지, 급격히 쇠기둥의 숫자가 늘어났다.

그래서 물리지 않고도 쇠기둥에 부딪쳐 땅을 구르는 마물들이 속출했다.

"헤엑! 헥!"

그건 내게도 마찬가지였다.

각성하고 달리기에는 트랙에 장애물이 너무 많았다. 결국 돌고 돌아 같은 길을 한 바퀴 도는 것이기에, 내가 장애물을 남기면 결국 내게도 피해를 왔다.

탓.

극복하는 방법은 간단했다.

어차피 덩치가 커진 김에 안쪽으로 노선을 옮기면 그만이었다.

[2성 각성.]

"헥헥, 이 자식아! 여기 트랙에선 소란 피우지 말라고. 몇 바퀴 돌면서 네가 저지른 짓거리를 다 봤어!"

"케헥헥, 네가 무슨 상관이지?"

"나는 건드리지 않는 게, 헤엑, 좋을 거다!"

안쪽 트랙으로 이동하자, 나보다 덩치가 작은 마물이 경고를 해왔다.

설사 각성을 풀더라도 나보다 작은 놈이었다.

무슨 자신감으로 위 서열에게 경고를 하는 것일까.

물론 서열 차가 얼마 안 나면 아래층에서도 하극상이 벌어지긴 했다. 그 대표적 예시가 바로 나였지. 하지만 난 믿는 구석이 있었다.

"헥헥, 그냥 얌전히 달리라고! 너 때문에 장애물이 많아지잖아. 쫓아내기 전에 조심해라."

내게 뒤처지던 마물이 한 번 더 경고를 날렸다.

그 말에 난 짜증을 느꼈다.

현재 내겐 질서 유지보단 생존과 성장이 우선이었다.

내게 경고를 해온 마물도, 땅을 구르는 마물이 있으면 돕지 않고 십중팔구 물어뜯어 살점을 삼킬 것이었다.

끼긱.

일부러 관절에 힘을 줘서 속도를 늦췄다.

그리곤 성가시게 중얼거리는 마물의 머리통을 물어뜯었다.

쾅!

놈의 몸이 급작스럽게 멈추며 땅을 굴렀다.

예상대로 다른 마물들은 넘어진 마물의 몸을 물어뜯었다.

"헥헥!"

[학습률2000% 선택.]

치지지직!

나는 이제껏 그랬던 것처럼 순환점을 통과해 성장 혜택을 받았다.

방금은 보복성 포식이었다.

그 외엔 포식을 어느 정도 자제하긴 해야겠다. 트랙을 안쪽으로 옮길 때까진, 내게도 장애물을 최소화하는 게 질주에 유리했다.

턱턱턱턱!

다시 각성하여 달리고 있는데 급작스레 현재 트랙이 부

산스러워졌다.

"저기 있다!"

"헥헥헥! 잡아 족쳐라!"

한 무리의 마물들이 같이 달리며 날 쫓고 있었다. 이번엔 조금씩 가속을 하는 모습이었다.

아까 죽인 마물의 친구들인가.

조금 더 안쪽 트랙에 오니 무리 지어 다니는 마물들이 나타났다.

뫼비우스 초끈이 조용히 속삭였다.

[파란 라푸이트 팩〈Pack〉으로부터 살아남아라.]

무리 지어 다니는 마물들은 팩이라 불렸다.

이름이 따로 있는 걸 보면 결속력이 적잖나 보군. 내가 3층에서 결성한 프리프로그와 비슷한 느낌이었다.

단지 두꺼비집 건설이 아니라 질주를 같이할 뿐이지.

"헥헥!"

나는 다급하게 근육에 감각을 불어넣었다.

나를 쫓아오는 파란 라푸이트 팩은 얼추 10마리가 넘어갔다.

✛

파란 라푸이트 팩에겐 동기가 생겼다.

팩에 소속돼 있다가 내게 물려 죽은 마물의 복수.

서로를 지켜주고 편 들어주는 게 팩의 가장 직접적인 목적일 것이다.

속도 오차 때문에 내게 시비를 건 마물만 따로 멀어진 상태였나 보다. 팩에 소속돼 있다고 방심하고 있었겠지.

"헥헥헥! 거기 서라!"

"두 뒷다리를 물어뜯어주겠다! 곧 쇠기둥으로 만들어주마!"

[2차 각성.]

꾸드드득.

한껏 덩치를 불렸다.

그럼에도 섣불리 파란 라푸이트 팩에게 덤벼들지 않았다.

오히려 더 속도를 내며 거리를 벌렸다.

"케헥헥!"

대부분 땅을 구르고, 질질 끌려 다니다 죽는 마물들은 작은 계기로 페이스를 잃게 됐다.

그건 덩치가 커진 나라고 해도 다르지 않았다.

당장 10마리를 대등하게 상대할 수 있어도 한 번 실수하면 고꾸라질 수가 있었다.

그럼 죽을 때까지 물어뜯기며 산 장애물이 되는 것이다. 다시는 낮을 맞이할 수 없게 된다.

"헥헥!"

그럴 순 없지. 순환점이 보인다.

[학습률2000% 선택.]

−레벨 업! [Lv.611 / 힘: 611 / 민첩: 611 / 지구력: 611 / 지능: 611]

육체가 폭발적으로 성장했다.

이제 난 각성한 상태라면 트랙에서 가장 큰 마물이었다. 그야밀로 1바퀴마다 눈에 띄는 변화가 일어났다.

그 정도로 2000% 효율과 1000% 효율은 차이가 엄청났다. 2성 각성이 덩치를 2배로 불려주기도 했고.

추가로, 안쪽 레인일수록 충전 시 성장 효과가 크단 걸 확인했다.

"컹컹컹!"

나는 포효를 내지르며 뒤를 돌아보았다.

"헥헥! 놈이 커졌다!"

"놓치지 마라! 덩치를 불려봤자 한 놈이다!"

그래도 파란 라푸이트 팩은 날 내버려두지 않았다. 팩이라는 게 제법 끈끈한 조직 개념 같았다.

죽을 위험을 감수하고도 보복을 해주려 하다니.

턱턱, 턱!

나는 바깥 쪽 레인을 쳐다보았다.

장애물이 많은 트랙에 가서 파란 라푸이트 팩의 숫자를 줄여볼까.

"헥헥!"

"도망간다! 따라가라!"

[2성 각성.]

바깥 트랙으로 옮겨 일부러 속도를 늦췄다.

그러자 기다렸다는 듯이 파란 라푸이트 팩 3마리가 거리를 좁혀왔다.

"캬아!"

내 뒷다리를 물어뜯으려는 놈을 금속 장애물 중 하나로 이끌었다.

❖

그러다 내 바로 앞으로 금속 장애물이 다가왔을 때, 급작스레 바깥쪽으로 이동했다.

쾅!

"깨갱!"

나를 쫓던 놈 하나가 금속 장애물에 부딪쳐 넘어졌다.

"캬아아!"

"캬아! 끝까지 쫓아가 죽일 것이다! 어디 계속 도망가 보거라!"

속도를 최대한 늦춰서 쫓아오는 두 놈의 뒤로 이동했다. 바깥 레인이 더 길어서 어렵지 않았다.

"캬르!"

그리곤 재빨리 두 놈의 뒷다리를 물어뜯었다.

놈들은 내가 뒤에서 나타나자 당황하며 대응하지 못했다.

"깨갱!"

두 놈 역시 고꾸라져 산 장애물이 됐다.

나는 유유히 다시 안쪽 레인으로 향했다.

"헥헥헥!"

"쫓아라! 저기 있다!"

이제 나머지 마물들만 처리하면 된다.

난 파란 라푸이트 팩이 어디까지 날 쫓을 의향이 있는지 시험해보기로 했다.

탓!

두 줄을 옮겨 더더욱 안쪽으로 레인을 옮겼다.

아직도 중앙 레인에 가려면, 까마득히 많은 트랙들이 남아있었다.

그럼에도 처음 눈을 뜬 레인에 비해선 많이 안쪽으로 들어왔다.

보통 마물 같았으면 평생이 걸려도 힘들 결과였다.

"놈이 안쪽으로 이동했다!"

"쫓아! 우리 식구를 이렇게 많이 잃고 포기할 순 없다!"

파란 라푸이트 팩은 겁 없이 안쪽 레인으로 쳐들어왔다. 나를 죽이고 금세 빠져나가면 될 거라 생각했겠지.

"캬르르르!"

새로 옮긴 레인의 기존 마물들이 심기가 불편한 듯 그르렁거렸다.

나는 트랙에 들어올 자격이 있었지만, 더 작은 덩치의 파란 라푸이트는 그렇지 않았다.

"당장 꺼지지 못할까!"

쾅!

"깨갱!"

현재 트랙의 마물들이 자원하여 파란 라푸이트 팩을 쳐내주었다.

"깨개갱!"

끝내 살아남은 파란 라푸이트 놈은 둘밖에 되지 않았다. 놈들은 혼비백산하여 바깥쪽으로 도망쳤다.

"헥헥!"

-레벨 업! [Lv.672 / 힘: 672 / 민첩: 672 / 지구력: 672 / 지능: 672]

나는 유유히 순환점을 통과해 다시 덩치를 불렸다. 덕분에 새로 들어온 트랙에서의 입지 역시 튼튼해졌다.

"헥, 어이, 헥헥, 너는 뭔데 작은 놈들한테 쫓기는 거야?"

"시비가 걸려서 말이지. 말이 많고 건방진 놈 하나를 잡아먹었는데, 팩 소속이더라고. 그 뒤로는 단체로 몰려오던데!"

"헥헥! 그래도 그렇지, 건방지게 아래 서열 놈들이! 여기까지 쫓아오다니."

"그러게 말야. 헥헥. 여기 레인은 장애물도 없고 거리가 짧아서 좋군."

"헥헥. 계속 혼자 달리지 말고 우리 팩에 들어와."

나와 비슷한 덩치의 마물이 팩 가입을 제안했다.

나는 잠시 고민한 뒤 물었다.

"여기 트랙에서 가장 서열이 높은 분이 누구지?"

"6억 1020만 2129위님이시다! 헥헥!"

현재 내 서열에 빗대어 봤을 때, 얼추 1000레벨 쯤에 추월할 수 있을 거 같았다.

잠시나마 팩에서 안전을 꾀하는 것도 나쁘지 않을 것이다.

나중에 프리프로그처럼, 내 고유의 팩을 만들 때에도 좋은 참고가 될 테고.

"헥헥, 좋다. 팩에 들어가겠다."

"환영한다. 우리 팩은 구부러진 추금르 팩이야!"

"그래, 알겠어. 케헥."

사실 난 팩의 이름 따위엔 큰 관심이 없었다.

몇 바퀴를 돌고 나면 다시 안쪽으로 이동할 것이었으니.

"팩에 들어왔으면 팩 내 서열을 정해야지. 일단, 카헥헥, 나와 경주를 해보자!"

"경주?"

"그래. 우리 팩은 달리는 속도를 최고로 친다."

서열이 비슷하면 변수가 많았다.

던전에서 서로 본능적으로 인지하는 서열은 종합 서열이었다.

즉 서열이 낮더라도 얼마든지 속도가 더 빠를 수 있었다. 서열 차가 얼마 안 나는 경우에 말이다.

"그러지 뭐."

어차피 난 최대 가속으로 질주할 생각이었다.

틱, 틱!

[2성 각성.]

꾸드드득.

단숨에 덩치를 불린 나는 힘차게 근육을 이용해 앞으로 뛰어나갔다.

"헥헥, 이게 무슨!"

내게 가입을 제안했던 마물은 깜짝 놀라고 말았다. 대등하게 경쟁이 될 줄 알았는데, 단번에 뒤쳐져버린 것이다.

치지직!

나는 유유히 순환점을 통과해 레벨 업을 했다.

이제 몇 바퀴 남지 않았구나.

"어이, 신입! 거기 서!"

귀찮게도 가입을 제안한 마물이 날 불러 세웠다.

나는 한숨을 픽 내쉬며 속도를 늦췄다.

"왜 그러지?"

"팩이면 같이 다니는 게 기본이다. 그래야 서로를 지켜주고 보호하지."

"그래. 알겠어."

맘 같아선 다시 팩을 탈퇴하고 싶었다.

파란 라푸이트 같은 요소로부터 안전을 꾀하려고 가입했는데, 금세 내 발목을 잡는 족쇄가 됐다.

어차피 오래 손해 볼 건 아니어서 순순히 팩을 따르기로 했다.

"따라잡았다! 아까 그 작은 놈들은 뭐였지? 이놈은 누구야. 처음 보네."

곧 구부러진 추금르 팩 전부가 합류했다. 숫자가 80에 달하는, 제법 큰 팩이었다.

"대장! 여기 신입을 따라 들어온, 건방진 바깥 놈들이었습니다. 제가 도와주고 신입을 가입시켰습니다."

"케헥헥, 신입이 우리 선두주자보다 덩치가 크네. 쓸 만하겠어."

나를 가입시킨 마물은 팩 내에서 선두주자라고 불렸다.

덩치에 비해 속도가 꽤 빠른 편인가 보다.

방금 나와의 경주에서 간단하게 지긴 했지만.

"반갑습니다, 대장님."

"그래, 환영한다. 신입. 바깥 레인에서 하찮은 것들을 상대하느라 고생이 많았나 보군."

"아닙니다."

6억 1020만 2129위는 내가 제법 맘에든 거 같았다.

그도 그럴 것이 나는 방금 팩에 가입했음에도, 덩치가 팩 내에서 중간 정도에 속했다.

당연 눈에 띄는 신입이었다.

"헥헥, 다 같이 달리니 어떤가, 신입."

솔직히 별 감흥이 없었다.

팩이랑 같이 달리느라, 내 최대 속도를 내지 못하고 있었다.

하지만 6억 1020만 2129위가 원하는 대답이 있단 걸 알았다.

"혼자 달려서 외로웠는데 팩이 있으니 든든합니다."

"바로 그거야. 아무리 덩치가 커도 여럿이 덤비면 맥을 추리지 못하거든. 그래서 맘이 맞는 마물끼리 뭉쳐서 달려야 한다. 그러면 생존할 확률이 매우 높아지지. 개체 수 정리 계절에도 말야."

"그렇군요."

순환점이 가까워져 왔다.

학습률2000%를 설정하려다 문득 고민했다.

"헥헥."

아무리 눈썰미가 둔해도 내 성장을 보면 기이함을 느낄 테였다.

하지만 반대로, 의아해한다고 해봤자 14층 마물들이었다. 전준국처럼 뫼비우스 초끈을 찾는 자들이 아니었다.

그냥 능력자라고 하면 신기해할 테지. 중앙 트랙을 모르는 자들이기에 미지 요소를 보면, 그저 우월함의 일부라

착각할 것이다.

[학습률2000% 선택.]

치지지직!

순식간에 내 덩치와 서열이 올랐다.

역시 가장 먼저 알아차린 건 같이 달리고 있던 구부러진 추금르 팩 대장이었다.

"뭐야. 신입. 너 서열이 바뀌었잖아. 게다가 더 커졌네. 헤엑."

"그렇습니다. 헥헥. 저는 덩치를 불렸다 줄일 수 있습니다."

본질적으로 성장했다는 말은 하지 않았다.

괜히 경계하게 만들어서 좋은 게 없었다.

"헥헥! 그게 가능한 일인가!"

내 말에 6억 1020만 2129위가 매우 신기해했다. 다른 팩 구성원들도 범상치 않은 신입에게 잔뜩 시선을 보냈다.

"저도 전에 봤습니다. 분명 커지더라고요. 저보다 갑자기 속도도 빨라지고."

선두주자가 말을 보탰다.

"놀랍구나. 설마 신입이 이너레인에 들어갈 재능의 마물인가."

"이너레인이요?"

"그래. 우월한 자들이 달리는 곳이지. 트랙이 매우 짧아서 사실 상 낙원이라 봐도 무방한 곳이다. 너 정도 재능이라면 죽기 전에 들어가 볼 수 있지 않을까."

이너레인은 14층의 리치 핏 같은 곳이었다.

겨우 짧은 트랙을 도는 걸 낙원이라 부르는 마물들이 귀엽기도 했고 한편으론 불쌍하기도 했다.

내 옆에서 뛰며 날 주시하던 선두주자가 말했다.

"신입. 너는 범상치 않은 놈 같으니 한 번 물어보지. 현재 트랙에 또 다른 팩 하나가 있거든. 휘어진 파루르 팩이라고."

"그런데요?"

선두주자의 말을 듣고 이번엔 팩 대장이 말했다.

"놈들이 서서히 개체 수를 늘리고 있어. 조금만 더 내버려두면 귀찮아질 거 같단 말이지."

"어떻게 해야 할까?"

팩 대장과 선두주자는 무의식적으로 내게 조언을 묻고 있었다.

확실한 특별함을 보았기에, 내게서 답을 찾으려 하는 것이었다.

"위협이 된다면 견제하거나 바깥 레인으로 쫓아내야죠. 저희가 더 숫자가 많지 않습니까?"

"그렇긴 하네만. 팩 숫자가 40이 넘어가면 뒤엉켜서 싸우기가 곤란해져."

"우리 쪽도 많이 넘어지거든."

이해가 아예 안 되는 건 아니었다.

설사 우리 쪽 숫자가 2배더라도, 휘어진 파루르 팩은 뭉쳐서 질주할 것이었다.

그러면 숫자로 밀어붙여 제압할 순 있더라도, 끝내 공격한 측도 상당한 손해를 보게 될 것이었다.

"저기 있는 무리 말하시는 거죠?"

"그렇네. 휘어진 파루르 팩 대장은 나와 서열이 거의 비슷해. 곧 나를 넘어설 거라고 언제나 도발을 하곤 하지."

"케헥헥! 건방지게시리! 이제 숫자가 40이 넘어섰다 이거죠. 진작 없앴어야 했습니다."

"헥헥. 전에는 빌빌거려서 자비를 베풀어주었었다. 실수였지."

분명 구부러진 추금르 팩은 휘어진 파루르 팩을 제거하고 싶어 했다.

단지 방법을 모르는 듯 했다.

그래서 특별해 보이는 내게 혹시라도 답이 있을까 묻는 것이었다.

그들도 본능적으로 아는 거겠지.

내가 현재 트랙에만 머물 게 아니라는 걸.

"방법이 없지 않습니다."

"캬헥헥. 역시! 혹시 말해줄 수 있는가?"

"물론입니다. 단지, 현 트랙이 좀 시끄러워질 겁니다."

나는 구부러진 추금르 팩에게 내가 구상한 전략을 일러주었다. 80마리의 마물들이 일제히 내 말에 귀를 기울였다.

구부러진 추금르 팩에게 내가 구상한 전략을 일러주었다.

다행히 구부러진 추금르 팩은 내 전략에 적극 공감해주었다.

특히 팩 대장이 가장 열성적인 반응을 보였다. 팩을 오래 이끈 만큼 금세 전략의 특성을 이해해냈다.

"헥! 그렇게도 활용할 수 있는 거군."

"모두가 기피하는 요소를 우리의 전략적 도구로 끌어 와 사용하는 겁니다."

"좋다. 신입의 말대로 행동한다! 오늘부로 휘어진 파루르 팩을 완전히 정리한다!"

"케헥헥! 드디어! 놈들이 여간 성가신 게 아니었습니다!"

다행히 팩 구성원 중 날 질투하거나 시기하는 자는 없었다.

설명하는 도중 순환점을 한 번 더 통과했는데, 이번에도 학습률2000%로 대놓고 덩치와 서열을 불렸다.

이젠 얼추 팩 대장과 비슷할 정도로 커진 날 보고 마물들은 경이로움을 금치 못했다.

"이너레인 우월자들은 저런 식으로 빠르게 커지나 봅니다! 케헥헥! 눈으로 그 과정을 보게 될 줄이야."

"놀랍습니다. 저러니 결국에 엄청 차이가 나는 것이군요. 우리에겐 그렇게 큰 의미가 없는 한 바퀴인데."

"엄청난 도움을 준 고마운 신입이다. 공격 중 넘어지지 않게 다들 각별히 보호해드려! 우리 트랙을 떠나기 전까진 우리 식구다!"

"케헥헥! 알겠습니다!"

다행히 구부러진 추금르 팩은 꽉 막힌 조직이 아니었다.

비록 팩에 가입했더라도, 영구적으로 현재 트랙에 남아 있으라고 주장하지 않았다. 되레 내가 떠나기 전 도움을 주는 것에 고마워했다.

그들은 그야말로 내 성장 속도에 심히 매료돼 있었다. 미래의 우월자를 보는 것에서 뭔가 심오한 기쁨을 얻는 듯 했다.

"둘로 나뉜다!"

80마리의 구부러진 추금르 팩이 일제히 둘로 나뉘어 가속하기 시작했다.

그리곤 질서정연하게 달려 나가 금세 11자로 휘어진 파루르 팩을 감쌌다.

양 측에 각 40마리가 2열로 달리는 모습이었다. 나는 가장 안전한 뒤쪽에서 달리며 상황을 지켜봤다.

"헥헥헥! 너희 뭐야!"

"해보자는 거냐!"

"결국엔 너희가 이길지 몰라도, 결국엔 같이 괴멸하는 거야! 알아? 켁헥!"

예상대로 휘어진 파루르 팩은 쉽게 겁을 먹지 않았다. 되레 공멸의 가능성을 제기하며 태평한 모습을 보였다.

그것이 이제껏 펼쳐온 전략이었다. 틀린 얘긴 아니었다. 무식하게 덤비면 두 팩 모두 공멸하겠지.

"견제해라!"

팩 대장의 명령에 둘로 나뉜 구부러진 추금르 팩이 더더욱 간격을 좁혔다.

"캬르르르!"

"캬르르!"

휘어진 파루르 팩이 밀리지 않겠다는 듯 그르렁거렸다.

아직까진 별다른 공격 없이 모두가 평행하게 달리는 중이었다. 전에도 이 정도 갈등은 있었나 보다.

속도 오차가 겹치다보면 불가피하게 평행 질주를 해야 할 때가 나왔겠지.

"이제 시작합니다! 케헥헥."

한순간 구부러진 추금르 팩이 속도를 늦추었다. 그에 따라 전속력으로 달리던 휘어진 파루르 팩이 금세 앞쪽으로 튀어나갔다.

"물어뜯어라!"

"캬아아!"

"깨갱!"

11자로 나뉘었던 구부러진 추금르 팩이 일순간 하나로 합쳐졌다.

그리곤 맹렬하게 휘어진 파루르 팩의 끝자락 마물들을 물어뜯었다.

방금 11자 형태를 통해 양옆으로 견제했기에, 휘어진 파루르 팩은 강제로 길게 늘어진 대열을 띄고 있었다.

그래서 끝자락에서 딜리던 마물들은 위치가 매우 불리할 수밖에 없었다.

"깨갱!"

휘어진 파루르 팩 마물 중 총 다섯이 고꾸라져 쇠기둥이 됐다. 그것도 트랙 정중앙의 비슷한 지점에 말이다.

"다시 따라잡아 양옆에서 견제한다!"

"앞지르지 말고 평행하게 달려라!"

턱턱턱!

팩 대장의 명령에, 구부러진 추금르 팩이 다시금 가속을 해 휘어진 파루르 팩을 따라잡았다.

"이런 미친놈들!"

"컹컹!"

"진짜 해보자는 것이냐! 진짜 우리 식구를 공격하다니!"

다시 11자로 감싸는 구부러진 추금르 팩을 보고 휘어진 파루르 팩이 욕지거리를 내뱉었다.

이번엔 뭔가 범상치 않다는 것이었다.

"캬아!"

"캬라아!"

평행하게 달리던 마물들이 서로를 물어뜯기 시작했다.

서로 겁을 주려는 용도라, 실제 피해를 입고 구르는 마물들은 전부 합쳐 넷 정도였다.

"캬헥헥!"

"젠장! 대장님! 앞에!"

"빨리 양 옆으로 벌어져! 이 자식들, 노린 거야!"

휘어진 파루르 팩이 뒤늦게야 위기를 느꼈다.

일부러 중앙으로 몰아 만들어낸 쇠기둥이 정확히 그들의 앞을 틀어막고 있었다.

피해갈 수 없게 양쪽에서 11자로 구부러진 추금르 팩이 견제 중이었다.

"캬아아! 죽기 싫으면 포위를 부셔라!"

"절대 자리를 내주지 마라! 중앙으로 밀어내!"

휘어진 파루르 팩이 생존 본능을 끌어올리며 발악했다.

하지만 이미 예상한 구부러진 추금르 팩은 결코 호락호락 자리를 내주지 않았다.

텅! 쾅!

마물들이 서로 몸통을 부딪치며 거칠게 질주를 이어나갔다.

"케헥헥! 제기랄! 조금 있으면 부딪친다!"

"개 같은 구부러진 추금르 새끼들!"

"비켜! 비키란 말이야!"

휘어진 파루르 팩이 온 힘을 다해 포위를 벗어나려 했다.

하지만 숫자가 2배 차이라 아무리 발악을 해도 소용이 없었다. 양옆에서 안으로 조이듯이 쳐내니 당할 재간이 어디 있을까.

"캬하아악!"

"끝이다! 휘어진 파루르 팩 놈들아!"

구부러진 추금르 백 대상이 힘껏 외쳤다.

쾅! 쾅!

그와 함께 연속적인 충돌음이 들려오기 시작했다. 휘어진 파루르 팩은 끝내 앞을 가로막고 있는 쇠기둥들을 피하지 못했다.

"양측으로 퍼져라!"

"케헥!"

그게 끝이 아니었다. 앞이 우르르 무너지니, 뒤에 있던 휘어진 파루르 팩 마물들도 연달아 넘어졌다.

그야말로 연쇄 추돌 사고였다.

구부러진 추금르 팩은 사고에 말려들지 않기 위해 미리 넓게 퍼져 안전 경로를 확보했다.

"케하악!"

쾅!

"깨갱!"

못해도 30마리가 연쇄 추돌 사고에 휘말렸다. 전부 휘어진 파루르 팩 소속이었다.

"깨개갱!"

"캬아아! 휘어진 파루르 팩이 대부분 고꾸라졌습니다!"

"대단하다! 신입의 작전이 통했다!"

"아직 끝이 아니다! 남은 놈들을 깡그리 정리해야 한다! 중앙에 수십 개의 쇠기둥이 생겼을 것이다. 모두 넓게 퍼져 충돌을 방지하라! 멍청하게 다 이겨놓고 식구를 잃을 순 없다!"

팩 대장은 쉽사리 긴장을 놓지 않았다.

그의 말대로 아직 상황이 끝난 게 아니었다.

맘가짐을 다잡은 구부러진 추금르 팩이 더더욱 속도를 높였다.

"놈들이 저기 있다!"

"깨갱! 살려주세요!"

"살려줘! 이 트랙에서 나가 바깥에서 살게!"

휘어진 파루르 팩은 공포에 질려 소리쳤다.

조직 규모가 40마리에 달해 결코 건드릴 수 없을 거라 확신하다, 그대로 전멸에 가까운 타격을 입은 것이다.

"캬아아!"

"깨갱!"

여기저기로 도망가는 휘어진 파루르 팩을 구부러진 추금르 팩이 무섭게 추격했다.

설사 바깥 레인으로 도망쳐도 끝끝내 잡아서 물어뜯었다.

"깨갱!"

겁에 질려 뿔뿔이 흩어진 10마리는, 80마리 조직에게 어려운 먹잇감이 아니었다.

"케히히히! 승리했다!"

"이 트랙은 우리 거다!"

얼마 지나지 않아 구부러진 추금르 팩은 확실한 승리를 거머쥐게 되었다.

"한동안 계속 넓게 퍼져서 질주한다! 쇠기둥들이 전부 사라질 때까지 버텨야 돼!"

"알겠습니다!"

"신입! 정말 고맙다!"

팩 대장이 내게 대표로 감사함을 표했다.

골칫덩이였던 휘어진 파루르 팩을 별 손실 없이 제거해 냈다.

계속 달려야 한다는 점에 영감을 받아 고안한 11자 대열 작전을 통해.

"아닙니다. 대장님. 쇠기둥들이 어느 정도 사라지면 거래를 하시죠."

"케헥. 뭔가?"

팩 대장이 잔뜩 귀를 기울였다.

내 말은 한 마디도 놓치지 않겠다는 것이었다.

나는 쭉 현재 트랙을 둘러보았다.

팩에 소속되지 않은 마물들이 족히 300마리는 넘을 듯했다.

"이제부터 최대한 조직원 수를 늘리십시오. 완전히 트랙을 장악하는 겁니다."

"케헥헥. 팩 숫자가 너무 많으면 곤란해! 아무나 들어올 수 있는 조직이 아니다. 자네 정도는 돼야 흔쾌히 받아주지."

팩 대장은 구부러진 추금르 팩에 대한 자부심이 대단한 거 같았다.

숫자를 불리기 위해 아무나 마구 받진 않겠다는 것이었다.

나야 좋지. 거래 없이도 내 목적을 이룰 수 있겠다.

"게다가 오늘 같은 질주 작전을 펼치려면, 숫자가 100마리 아래여야 통제하기 쉬워. 너무 줄이 늘어져도 문제거든."

"알겠습니다. 그럼 남은 마물들은 제가 다 잡아먹어도 되죠?"

"케허억! 진심으로 하는 말인가?"

"그렇습니다. 혹시 문제가 되나요?"

내 말에 팩 대장이 꽤나 놀란 거 같았다.

전략적으로 팩 대 팩으로 싸우는 것과, 아예 대놓고 다른 마물들을 포식하는 건 다른 개념이었다.

내가 포식자 성향을 풍기진 않았기에, 의외의 요청에 놀란 것이었다.

"헥헥, 그건, 헥, 아니네! 자네가 그렇게 결정했다면 우리는 적극적으로 자네를 보호하도록 하지. 이 트랙을 자네 덕분에 장악한 거니까. 마음껏 포식하게! 우리 식구만 내버려뒤."

"감사합니다."

[학습률2000% 선택.]

이미 나는 팩 대장과 대등한 덩치를 가지고 있었다.

그래서 다수에게 공격당하지 않는 이상 이 트랙에서 내게 위협이 될 마물은 없었다.

"캬아아아!"

"깨갱!"

구부러진 추금르 팩을 믿고 마음껏 포식을 했다.

대신 쇠기둥이 너무 늘어나면 안 되니, 바깥으로 밀어낸 다음 물어뜯었다.

-레벨 업! [Lv.1143 / 힘: 1143 / 민첩: 1143 / 지구력: 1143 / 지능: 1143]

그렇게 마구잡이로 포식을 해나갔다.

"깨개갱!"

모든 마물들이 한없이 작아보였다.

구부러진 추금르 팩은 약속대로 뒤편에서 나를 엄호했다.

동족이 일방적으로 먹히는 걸 보는 건 결코 쉬운 일이 아닐 것이다.

게다가 계속 생겨나는 쇠기둥 때문에 질주가 여간 불편한 게 아닐 것이다.

아무리 바깥쪽으로 끌어내 먹으려 해도 한계가 있었다. 그래서 결국엔 현재 트랙에도 적잖은 쇠기둥을 남기게 됐다.

"캬아아아!"

"깨개갱!"

하지만 난 개의치 않기로 했다.

어차피 원하는 것만 얻고 안쪽 트랙으로 옮길 생각이니.

-레벨 업! [Lv.2513 / 힘: 2513 / 민첩: 2513 / 지구력: 2513 / 지능: 2513]

"케헥헥!"

약 70마리 정도를 잡아먹고 여러 번 순환점을 돌자, 트랙의 소형 생태계에 무리가 오는 게 느껴졌다.

쇠기둥이 너무 많아진 건 물론, 구부러진 추금르 팩에 들지 못한 마물들이 서서히 임시 세력을 형성하는 게 보였다.

내 뒤를 구부러진 추금르 팩이 봐주는 걸 알아서, 자기들도 임시로 뭉쳐 생존 확률을 높여보려는 것이었다.

"헥헥헥."

게다가 말은 못하고 있어도, 구부러진 추금르 팩도 불편함을 느끼고 있을 것이다.

나는 문제가 커지기 전에 안쪽 레인으로 향했다.

"잘 가십시오! 우월자시여!"

팩 대장은 압도적으로 커진 나를 높여 불러주었다.

"만나서 반가웠습니다!"

불만이 터지기 전에 떠난 덕분에, 구부러진 추금르 팩의 따뜻한 인사를 받을 수 있었다.

나는 계속 안쪽으로 이동해 들어갔다.

그러면서 내 덩치에 관심을 가지고 말을 거는 마물들에게 반응해주었다.

"헥헥, 우리 팩에, 헥헥, 들어오지 않을래?"

"좋아. 대신 나는 선두주자로 달리겠다."

"그래! 그러면 팩의 위신도 살고 좋지."

짧아지는 트랙과 커지는 순환점 보상. 그리고 훨씬 빨라지는 강력한 육체.

전에는 꾸준히 우월해지는 것만으로도 막강한 쾌락을 느꼈었다.

헌데 이제는 가속까지 되고 있었다.

"헥헥헥!"

-레벨 업! [Lv.4458 / 힘: 4458 / 민첩: 4458 / 지구력: 4458 / 지능: 3000〈MAX〉]

지능이 한계에 도달했다. 그 외의 스텟은 계속 성장한 덕분에 난 이제 하이에나보단 맹수에 가까운 몸을 지니게 됐다.

[잠재된 유전자가 활성화 되어 꼬리를 자연 각성합니다. 레벨 성장에 따라 꼬리의 굵기와 길이도 성장합니다.]

쾅쾅쾅!

한껏 맹수 같은 육체에 취해 있는데, 깊숙한 안쪽 트랙에서 거대한 마물이 다가오는 게 보였다.

쾅쾅!

"캬아아아! 다 비켜라!"

내 10배 덩치에 달하는 마물이 나를 노리고 바깥쪽으로 이동 중이었다.

[2성 각성.]

꾸드드득.

나는 급히 바깥으로 도망칠 준비를 했다.

대체 어떻게 하면 저런 괴물을 따돌릴 수 있을까.

왜 갑자기 나를 겨냥해 맹렬히 바깥쪽으로 이동하는 걸까.

나는 정확히 두 가지의 가능성을 유추해냈다.

❖

혹시 몰라 확인해보았다.

일부러 가속을 하거나 속도를 늦추어 트랙에서 달리는 선상을 바꿔보았다.

쾅쾅!

그럴수록 더더욱 분명해졌다.

거대한 마물은 분명 날 겨냥하고 바깥쪽으로 이동 중이었다.

워낙에 보폭이 큰 터라 멀찍이 있던 놈이 어느새 가까워졌다.

"비켜라! 헥헥!"

내 몸집이 웬만한 맹수 크기라면, 거대한 마물은 그야말로 집채만 했다.

[타겟 - 3층 - 3만 5901위.]

서열 자체가 놈이 얼마나 거대하고 강한지 말해주고 있었다.

꼬리가 채찍처럼 뻗은 건 물론, 척추 중앙에 피뢰침처럼 솟은 뿔을 품고 있었다. 안 그래도 큰 놈을 가까이서 보니 더더욱 위압적이다.

어차피 도망가 봤자 의미가 없었기에, 급히 두 가지 가능성을 고려했다.

나를 구체적으로 따라오고 있다는 건 확인했다.

그러면 내가 지닌 뫼비우스 초끈을 노리는 것이거나, 달텅일 가능성이 희박하게 있었다.

안 그래도 어디 갔나 했는데.

"헥헥헥!"

최악의 경우엔 각성한 상태에서 능력을 흡수해 아주 어려운 싸움을 해야 한다.

바깥쪽으로 이동하며 서열차를 극복할 방법을 모색해야 될 것이다. 사실 상 불가능에 가깝지.

"캬아아! 제가 찾는 분이 맞으신지요!"

잔뜩 긴장하며 질주하고 있는데, 드디어 거대한 마물이 반가운 말을 내뱉었다. 그의 큼지막한 눈이 나를 뚫어져라 내려다보고 있었다.

나는 잠시 고민한 뒤 목소리를 냈다. 어차피 이미 나를 주시하고 있는 상황.

"달텅! 달텅인 것이냐!"

"캬아아! 드디어 찾았다! 저입니다, 카몬님! 역시 맞았구나!"

놀랍게도 나를 쫓아온 것은 달텅이었다.

어떻게 짧은 새에 3만대 서열을 갖추게 된 거지.

"달텅! 나를 어떻게 찾은 것이냐!"

"캬아! 그것이….."

달텅은 거대한 만큼 달리는 속도와 보폭이 엄청났다.

그래서 설사 속도를 최대로 늦춘다 해도 금세 나를 추월해버렸다.

한 바퀴를 돌고 곧장 나를 따라잡은 달텅이 말했다.

"서열이 높으니 시력도 매우 날카롭더군요. 헥헥, 유심히 바깥과 안쪽을 살폈는데 상당히 빠르게 커지는 분을 발견했습니다."

말을 마치고 달텅이 다시금 멀어졌다.

다소 불편하긴 하네.

달텅이 한 바퀴를 추월할 때만 이야기를 나눌 수 있으니.

"그래서 그렇게 급히 성장하는 분은 카몬님이 아니까 했습니다! 보아하니 여러 팩에 가입하자마자 두각을 드러내셨고요!"

달텅이 멀어지고 난 뒤 잠시 추측을 해보았다.

비록 내게 부여되는 서열이 낮긴 하더라도, 어쨌든 특정한 조건 없이 무작위로 부여되는 듯 했다.

그렇다면 달텅 역시 무작위로 서열을 부여 받은 거 같았다. 단지 매우 운 좋게도 3만대 서열을 얻은 것이고.

"눈을 뜨니 서열이 이렇게 높았습니다! 그래서 카몬님을 돕고자 힝시 눈으로 사방을 훑었습니다! 눈높이가 높으니 관찰하기 좋더군요! 왕복 속도도 빠르고!"

쾅쾅!

달텅이 육중한 몸체로 지나가며, 내 추측이 맞았음을 확인시켜 주었다.

데려오길 잘했다.

14층은 트랙들이 분명히 나뉘어 있어, 함부로 자격 없이 우월자들에게 다가가기가 힘들었다.

그래서 능력 흡수의 혜택을 보지 못할 거라 생각했는데, 달텅이 기특하게도 알아서 나를 찾아왔다.

"케헥헥."

달텅이 가까워지길 기다렸다.

이미 주변 5줄 정도의 트랙은 텅 빈 상태였다. 집채만 한 괴물과 같이 질주하고자 하는 마물은 오로지 나밖에 없었다.

"헤엑!"

달텅이 나를 지나치는 순간 권능을 발현시켰다.

[능력 흡수. 대상: 달텅.]

사아아아.

[능력 흡수 완료! 기어 가속 관절 B급.]

[능력 흡수 완료! 추가 전류 흡수 능력 및 저장 기관 발달.]

[능력 흡수 완료! 방전 조절 능력 B급.]

[능력 흡수 완료! 포틴메탈 컨트롤 B급.]

[능력 흡수 완료! 꼬리 태클 스킬 A-급.]

그야말로 대단한 능력 묶음이었다.

달텅이 없었다면 한참이나 기다려야 얻어낼 수 있는 것들이었다.

현재 트랙보다 훨씬 안쪽이어야 겨우 F급 능력 하나를 구경했을 테지. 모두 패시브 속성 능력이었다.

우월자의 필수 덕목이라고도 할 수 있을 테지.

"달텅! 정말 잘했다! 덕분에 모든 게 수월해지겠어!"

"케헤헥! 감사합니다!"

뫼비우스 초끈이 각 능력에 관해 간략한 설명을 보여주었다.

철컥, 텅!

기어 가속 관절은 의지적으로 가속을 할 수 있게 돕는 구조였다.

전에는 가속할 경우 속도가 1.3배 정도 빨라졌었다. 이제는 가속 관절 덕분에 순간적으로 속도를 1.5배로 올릴 수 있었다.

물론 0.1배 단위로 속도 조절이 가능했다.

"헥헥헥!"

꼬리 태클 능력 덕분에 꼬리가 기하급수적으로 길어졌다. 그에 더해 무감각하던 꼬리에 강줄기처럼 신경이 뻗쳤다.

척!

지나가는 마물의 다리를 걸기에 매우 적합한 능력이었다. 팩을 데리고 있을 경우 11자 대열 작전을 펼치기 제격인 기술이지.

텅!

작은 쇠기둥의 경우, 꼬리로 쳐내서 길을 트는 데에도 사용할 수 있었다.

치지지직!

비록 크기는 엄청난 차이를 보였지만, 나도 달텅처럼 척추에 피뢰침 형태의 뿔을 갖게 됐다.

여러 능력이 종합적으로 내는 결과는 놀라운 것이었다.

치지직!

자성과 전류를 이용해 뿔에서 근거리로 얇은 번개를 뿜어낼 수 있었다.

땅에 뿜어낸 결과 땅이 검게 그을렸다.

"캬헥헥!"

분명 엄청나게 유용한 권능들이었다.

쭉 성장하며 비슷한 서열의 마물들을 압도적으로 제압할 수 있을 테지.

치지지직!

하지만 가장 대단한 능력은 포틴메탈 컨트롤이었다. 다름 아닌, 쇠기둥의 형태를 마음대로 바꾸고 흡수할 수 있는 요소였다.

"캬헥헥! 카몬님! 혹시 괜찮으시다면 안쪽으로 데려다 드리겠습니다!"

"좋다! 2바퀴만 더 돌고 들어가자!"

"알겠습니다! 대기하겠습니다, 카몬님!"

방해물인 줄만 알았던 쇠기둥이 사실은 자원이었다.

이너레인 우월자들은 포틴메탈 컨트롤을 통해 갑옷이나 각종 뿔 등을 갖추고 있는 거였다.

달텅이 더더욱 기특하게 보였다.

[카몬 - 14층 - 2억 1239만 92위.]

초라한 내 서열을 보고 맘이 달라질 법도 한데, 녀석은 여전히 나를 충실히 받들었다.

2층에서부터 엮인 인연답게 특별했다.

이런 식으로 도움을 받을 수도 있구나.

치지지직!

순환점에서 붉은 기운을 흡수하자마자 달텅에게 외쳤다.

"달텅! 이제 안으로 들어가자꾸나!"

"알겠습니다! 4만대 서열을 모아서 팩을 만들어놨습니다! 괜찮으시다면 직접 데려다 드리고 싶습니다! 괜찮을까요?"

달텅은 3만대 서열로서 현재까지 생존해왔다.

14층에서 나와 같은 양의 시간을 보냈더라도, 깨친 감각
이나 기술이 나오는 수준이 다를 터였다.

그래서 맡겨보기로 했다.

나 같이 작고 느린 마물이 그를 수동적으로 따라가다간
시간이 한참 걸릴 테지. 중간에 트러블도 많을 거고.

"그럼 실례하겠습니다, 위대한 카본님이시여!"

콰지지직!

달텅이 뿔을 이용해 순간 내게 번개를 뿜었다.

나는 깜짝 놀라고 말았다.

그토록 나를 존경하던 달텅이 갑자기 왜.

철컥, 철컥.

천만다행으로 육신에 피해가 오진 않았다.

대신 원격으로 조종을 당하듯 온 몸의 관절이 접혔다.

우우우웅.

그러더니 내 몸이 개별적인 자성에 의해 붕 떴다.

텅!

공처럼 몸이 접힌 난 순식간에 날아가 달텅의 몸통에 붙
었다. 미리 안착 구조를 포틴메탈로 만들어놓은 모습이었
다.

"준비됐습니다!"

생각보다 달텅은 대단했다. 나를 안으로 데려가기 위해
미리 많은 준비를 해놓았구나.

보아하니 뿔 번개는 단순 공격용이 아니었다. 감각에 따라 다양한 용도가 되는 듯 했다.

게다가 포틴메탈 컨트롤 능력은, 다른 말로 하면 개별적으로 자성을 형성케 해주는 힘이었다.

"고맙다, 달텅!"

"기쁘게 섬길 뿐입니다! 카몬님. 카몬님이 아니었다면 저는 여기까지 절대 오지 못했을 겁니다. 항상 잊지 않고 있습니다!"

쾅쾅쾅!

육중한 달텅이 매우 빠르게 안쪽으로 달려 들어갔다. 엄청난 속도감이 느껴졌다.

마치 거대하지만 빠른 차량에 탄 기분이었다. 자동 질주와, 실제 몸통에 실려서 옮겨지는 건 상당히 다른 느낌이었다.

텅! 텅!

상당한 시간과 고생을 들여 지나쳤어야할 트랙들이 훅훅 생략됐다.

"캬아아아!"

치지지직!

"케헥헥!"

그럴수록 눈에 담기는 마물들의 덩치가 급격히 커지기 시작했다.

나 정도는 달리다 다른 마물의 발에 치여서 고꾸라져도

이상할 게 없었다.

문득 걱정이 들어 달텅에게 물었다.

녀석도 어느 정도 생각이 있겠지.

"달텅! 과연 네 덕분에 상당히 빠르게 이너레인에 가까워지고 있다. 하지만 보다시피 나는 현재 성장이 많이 필요해."

"네, 잘 알고 있습니다!"

"하지만 너와 달리 나는 덩치가 작아. 이런 트랙에서 달리다간 다른 마물들 발에 치일 것이다!"

내 말에 달텅이 자신 있게 고개를 치켜들고 포효를 내뱉었다.

칭찬 받으려고 기대하는 기색이었다.

"컹컹! 물론 카몬님께서 직접 달리시면 위험할 겁니다. 하지만 순환점을 통과하면서 정화 물질을 먹을 때와 비슷한 기분을 느꼈습니다. 순환점 통과를 통해 성장하는 게 맞죠?"

"바로 맞췄다. 순환점을 통과하며 성장한다. 트랙이 짧을수록, 안쪽의 순환점일 수록 좋아."

"컹컹컹! 그래서 이렇게 준비한 것입니다! 편히 계시면 됩니다."

조용히 탄성을 내질렀다.

드디어 달텅이 무슨 생각을 하는지 알게 됐다.

나는 묵묵히 지켜보기로 했다.

-레벨 업! [Lv.5601 / 힘: 5601 / 민첩: 5601 / 지구력: 5601 / 지능: 3000〈MAX〉]

"헥헥! 어떠신가요!"

"아주 좋다! 케학하하! 아주 좋아!"

"케히히히. 기뻐하신다니 다행입니다!"

달텅과 내가 덩달아 웃었다.

나는 당연한 기쁨에 웃는 것이었고, 달텅은 내 처음 보는 함박웃음에 좋아하는 것이었다.

놀랍게도 몸통에 붙어서 순환점을 통과해도 성장 혜택이 주어졌다.

굳이 따지자면 동시 통과라 달텅과 충전 효과를 나눠야 했다.

쾅쾅, 쾅!

하지만 달텅의 속도와 순환점의 충전량을 고려한다면 엄청난 이득이었다.

"달텅. 널 데려오길 정말 잘했어. 이번에도 14층을 공략하고 정복하는 걸 보여주마."

"그걸 직접 목격하는 게 바로 제 소원입니다!"

그냥 가만히 기다리면 된다.

그러다 충분히 커지고 무거워지면 달텅이 날 놓아줄 터였다.

그는 얼마든지 나를 해하거나 깔볼 수 있는 입지에 서 있었다.

하지만 이전에 키워온 충성심이, 절대적으로 그런 유혹을 막아주는 듯 했다.

"컹컹!"

신이 난 달텅이 더더욱 가속을 했다.

나는 훨씬 짧아진 트랙과 빠른 속도를 즐기며 지그시 눈을 감았다.

"케흠."

1층에서 생존하기 위해 구역질나던 식사를 계속하던 게 생각난다.

달텅조차 모르는 고통이지.

그에 반해 지금은 편리하다 못해 짜릿했다.

이제는 우월해지는 쾌락 말고도 서서히 다른 기쁨들을 느끼고 있었다.

예컨때 충성하는 마물을 밑에 둔 든든함.

"케헥헥!"

거친 달텅의 숨소리와 들썩이는 몸통을 인지하며 기분 좋게 기다렸다.

오래 걸리지 않을 것이다.

달텅과 비슷한 덩치를 갖추고 나란히 달릴 때까지 말이다.

아직 밤은 길다.

달텅은 가속 관절을 이용해 최대 속도를 냈다.

안 그래도 트랙이 짧고 자체 속도가 빠른데, 최대 가속까지 해주니 성장 효율이 엄청났다.

"헥헥헥!"

아직도 던전은 차가워지지 않았다.

그럼에도 내가 도달한 수준은 엄청났다.

치지지직!

-레벨 업! [Lv.32001 / 힘: 20000〈MAX〉 / 민첩: 32001 / 지구력: 32001 / 지능: 3000〈MAX〉]

[카몬 - 14층 - 4만 9921위.]

엄청난 성과가 아닐 수 없었다.

하룻밤 만에 이룬 성장이었다.

학습률2000%의 덕도 컸지만, 결정적인 요인은 바로 달텅이었다.

"케헥헥!"

점점 달텅의 몸이 내 쪽으로 기울어지는 게 느껴졌다. 공처럼 다리를 접고 붙어 있는 내가 너무 무거워진 것이다.

한 바퀴만 더 돌고 내려달라고 해야지.

녀석의 숨 역시 눈에 띄게 거칠어졌다. 아무리 자주 충전을 받더라도 상당히 질주가 고될 테지. 나처럼 각성을 할 수 있는 것도 아니고.

"달텅. 곧 내려주어도 된다! 수고가 정말 많았어."

"헥헥! 알겠습니다! 이제 저와 거의 비슷해지셨군요. 정말 반갑습니다. 역시 대단하세요. 이렇게 빨리!"

"다 네 덕이야! 곧 앞질러서 이번엔 네가 덕을 보게 해주마!"

"헥헥! 네! 감사합니다!"

치지지직!

마침내 한 바퀴를 더 돌자 나를 붙들고 있던 달텅의 자성이 약해졌다.

"떨어지자마자 다리를 쫙 피셔야 합니다! 그래야 넘어지지 않고 무사히 달릴 수 있습니다!"

"고맙다, 달텅!"

우웅.

달텅이 한순간 자성을 거두었다.

나는 자유로워지며 살살 펴지는 네 다리에 한껏 힘을 불어넣었다.

텅!

안정적으로 착지해 훨씬 굵직해지고 거대해진 내 육신을 음미했다.

모든 근육이 이제 반투명해질 정도로 질겨지고 커졌다. 그에 더해 내 스스로 부피감과 가속력을 느낄 수 있을 정도로, 온 몸의 금속 뼈대가 굵고 강건해졌다.

"컹컹!"

넘쳐흐르는 힘에 큰 목청으로 짖었다.

"컹컹컹!"

달텅이 응원을 하듯 같이 짖어주었다.

나는 가속 관절에 최대한 감각을 불어넣었다.

그러자 급격히 옆을 스치고 지나가는 풍경이 늘어졌다.

쾅쾅쾅!

이번엔 혼자서 순환점을 통과해보았다.

그러자 달텅과 같이할 때보다 훨씬 더 많은 성장 혜택을
부여받았다. 더더욱 성장 속도가 빨라지겠구나.

"케헥헥! 좋아!"

나는 한껏 몰입하여 질주를 계속했다.

아직도 달텅이 달리는 속도가 더 빨랐지만, 그의 덩치와
서열을 따라잡는 속도만큼은 훨씬 더 빨라졌다.

"헤엑! 아! 카몬님."

"그래, 달텅!"

달텅이 나를 추월하며 말했다.

나를 추월하면서도 표정에서 우월감이나 승부욕 따위는
드러내지 않았다. 되레 나를 추월해하는 걸 미안해하는 듯
했다.

아직도 내 위 서열에 있는 게 불편한가 보다.

굳이 그렇게까지 불편해하지 않아도 되는데.

달텅의 맘을 편하게 해주기 위해서라도, 얼른 성장해서
추월해줘야겠다.

"혹시 미리 알고 계셨다면 죄송합니다만, 저희 정도면 넘어져도 다시 일어설 수가 있습니다! 바깥 트랙을 보고 있자면 넘어지고 나서 쉽게 일어서질 못하더라고요!"

"케헥헥! 정말이냐! 유용한 정보구나. 나도 넘어지면 끝인 줄 알고 있었어."

달텅의 말은 사실이었다.

바깥 트랙에서, 다른 마물을 죽이는 가장 쉬운 방법은 대상을 넘어뜨리는 것이었다. 그럼 금세 장애물 취급을 받아 물어 뜯기게 됐다.

안쪽 레인은 아닌가 보다.

"헥헥, 그럼, 헥! 근육이 많이 발달되어서 힘으로 일어설 수 있는 것이냐?"

"아닙니다. 방전과 자성을 이용해 넘어진 뼈대를 순간적으로 교정할 수 있습니다!"

"케하하! 놀랍구나!"

달텅은 매우 유용한 정보를 받쳐 올렸다.

이제는 넘어져도 쉽사리 일어설 수 있다는 것이었다.

그럼 이제부터 다른 마물을 죽일 때 더 강한 수단을 사용해야겠네.

달텅이 처음 날 데려올 때, 내 몸을 원격으로 접고 허공에 띄운 걸 생각하면 금세 이해가 되는 부분이었다.

"제가 직접 보여드리겠습니다."

"잠깐! 직접 넘어지겠다는 것이냐? 괜찮겠어?"

"카몬님의 이해를 돕기 위해서 이 정도는 아무 것도 아닙니다! 게다가 이미 여러 번 넘어져 일어서 보았습니다."

"그럼 부탁하겠다, 달텅!"

"케하하! 네, 카몬님!"

내게 도움이 된다는 것이 기뻐 달텅이 다시 한 번 크게 웃었다.

"아! 저를 몸통으로 쳐 주셔야 합니다! 꼬리로 다리를 걸어주셔도 되고요."

"어쩔 수 없는 건가. 눈으로 봐야 빨리 배울 테니. 네가 자신 있다니 그리 하겠다."

꼬리에 감각을 불어넣었다.

그러자 전보다 훨씬 길고 강해진 꼬리가 채찍처럼 허공을 배회했다.

척!

나는 꼬리를 휘둘러 앞서가는 달텅의 뒷다리를 잡았다. 그리곤 힘껏 꼬리를 뒤로 끌어 올렸다.

팅!

"케헥!"

달텅이 발을 접질러 땅에 넘어졌다. 그래도 나보다 덩치가 커서 땅을 구르진 않았다.

기기기긱.

육중한 몸이 땅에 끌리자 쇠 긁는 소리가 났다.

"그럼 보여드리겠습니다!"

치지지직! 웅!

달텅이 척추 뿔로 스스로에게 번개를 뿜었다. 한순간 아지랑이가 돌며 개별 자성이 달텅의 몸을 휘감았다.

철컥!

한꺼번에 달텅의 뼈대가 원래 달리는 자세로 맞춰졌다. 달텅은 자연스레 다시 질주를 시작했다.

"이런 식으로 하시면 됩니다! 이제 연습해 보시지요! 안전을 위해 잠시 바깥으로 이동하시죠!"

성장 혜택을 최대로 주기 위해 달텅은 나를 데리고 안쪽 트랙으로 이동한 상태였다.

하지만 현재 트랙엔 달텅 만한 마물들이 꽤 여럿 있었다. 다행히 덩치가 작은 내게 시비를 걸진 않았지만, 넘어진다면 얘기가 달라질 터였다.

곧장 일어서지 못하는 더 작은 마물. 딱 좋은 먹잇감이었다.

"케헥헥! 이쪽입니다!"

안전한 연습을 위해 달텅을 따라 바깥 트랙으로 이동했다. 그를 따라 수십 줄을 넘어갔다.

속도 차가 나서 약간 뒤쳐졌으나, 워낙 달텅이 덩치가 커서 보고 따라가기엔 편했다.

도착한 곳은 나보다 서열이 낮은 6만대 서열의 트랙이었다.

"캬아아아! 모두 이 트랙에서 나가라! 명령이다!"

달텅이 우월한 덩치와 우렁찬 포효를 내세웠다.

"케헥헥! 치사하다! 갑자기 쳐들어와서 트랙을 나가라
니."

"왜 좋은 안쪽을 내버려두고 여기 와서 행패입니까!"

몇몇 마물들은 순순히 트랙을 빠져나갔지만, 대부분은
불평을 늘어놓았다.

아무리 달텅의 덩치가 크더라도 자신들은 다수라 이것이
었다.

"케헥헥! 겁도 없구나!"

달텅과 내가 스윽 현재 트랙을 훑어보았다. 6만 서열 대
트랙이라 그런지 뿔을 지닌 마물은 없었다.

치지지직!

"카헥!"

달텅이 순식간에 다섯 마리의 마물들에게 번개를 뿌렸
다.

그러자 번개에 맞은 마물들은 다리가 꺾여 그대로 땅을
굴렀다. 나는 혹시 벌어질 전투를 대비해 뿔에 감각을 불어
넣었다.

설사 달텅과 나 둘이라도, 뿔 번개를 쓴다면 승산이 있
다. 각성하면 얼추 달텅과 덩치가 비슷해질 것이다.

"케헥헥! 우월자의 힘이다!"

"뭐야! 물어뜯는 거 정도가 아니잖아! 제기랄!"

"뿔에서 번개를 뿜는다! 도망쳐!"

방전의 힘을 본 마물들이 깜짝 놀라 도망치기 시작했다.

몇 백 마리로 가득 찼던 트랙은 금세 텅 비게 되었다. 내가 생각했던 것보다 달텅이 보여준 무력시위는 훨씬 효과가 좋았다.

"이제 되었습니다! 이제 편히 연습하시면 됩니다! 설사 오래 넘어져 있더라도, 감히 물어뜯을 마물이 없을 겁니다! 정 힘드시면 제가 원격으로 교정해드릴게요!"

"고맙다! 이제 나를 넘어뜨려다오!"

"으! 정말 내키지 않는군요. 그래도 카몬님을 위해 실례하겠습니다!"

달텅은 나를 위해 트랙 하나를 통째로 비워주었다. 그야말로 나를 위한 연습 전용 트랙이었다.

얼른 교정법을 터득해주는 게 예의겠지.

척!

달텅이 정말 싫은 기색으로 나를 툭 쳤다.

나는 충격을 버텨내지 못하고 옆으로 넘어졌다.

텅! 기기기긱.

내 몸도 작진 않았기에, 넘어져서 자성에 끌리자 쇠 긁는 소리가 났다.

"케헥헥!"

급격히 숨이 가빠졌다.

자성의 흐름과 몸의 자세가 맞지 않자 막강한 고통이 느껴졌다.

얼른 척추 뼈에 감각을 불어넣었다.

치지지직!

이번엔 달텅에게 흡수한 감각대로 자성을 뿜었다. 그리곤 자성의 밀도 분포를 바꾸어 본래 달리는 자세로 나의 네 다리를 밀어 올렸다.

척! 쾅쾅!

"케하하하!"

"역시 카몬님입니다! 한 번 만에 터득하시다니! 대단합니다! 저는 팩에서 여러 번 도와준 뒤에야 터득했는데!"

"네 덕분이다!"

다행히 한 번에 교정법을 터득했다.

이제는 넘어져도 죽을 걱정을 하지 않아도 됐다.

자동 질주가 편하면서도, 내내 넘어지면 끝이라는 생각 때문에 맘이 불편하긴 했었다.

그래서 아래층에 비해서 과감한 행동을 못하기도 했고.

"케헥헥! 헌데 카몬님. 뭐 하나 여쭈어 봐도 되겠습니까?"

"얼마든지."

"혹시 카몬님이 특별해서 저를 따로 데려오실 수 있었던 겁니까? 제 짧은 경험과 상식에 의하면 오로지 층 내 서열1위만 신분상승을 할 수 있는 거로 압니다."

"그러하다. 일반적인 방법은 아니었어. 내 특별함 때문에 나를 따르는 것이냐? 헥헥!"

달텅이 사뭇 진지하게 물어오기에 답을 해주었다. 대신 나도 질문을 던졌다.

마물과 이 정도로 유대감을 형성할 줄은 몰랐다.

내가 생각한 거 이상으로 인격(人格)에 가까운 정신을 드러냈다. 특히 달텅은.

"물론 특별해서 따르는 것도 있습니다. 같이 다니면 저마저 더 나은 마물이 된 거 같아서요. 실제로 그렇기도 하고."

"케헥헥! 충분히 이해가 가는 이유다!"

"하지만 첫째 이유는 카몬님이 저를 대해주시는 태도 때문입니다. 저를 서열만으로 보지 않으시고, 도구 취급도 하지 않아주셨습니다! 마땅히 노력한 것에 인정도 해주시고요."

"케헥헥, 그렇구나. 당연히 인정을 해주어야지. 방금 받은 도움도 엄청난 수준이었다."

"케하하! 감사합니다. 오로지 카몬님이라야 더더욱 의미가 있는 도움이지요. 또 이유가 있습니다."

달텅은 생각보다 더더욱 진지한 인격을 지니고 있었다.

역시 혼자 결정하여 신분상승을 선택한 마물답게 특별한 놈이다. 애초에 달텅이 처음 나를 따라오기로 결정한 건 스스로의 선택이었다.

무모하지만 용감한 도전이었지.

"케헥헥. 결례라면 정말 죄송합니다만."

"편하게 말해도 괜찮다!"

달텅 정도라면 특이한 생각이라도 순순히 들어줄 의향이 있다.

"카몬님은 이 던전의 서열에 크게 얽매이지 않으시는 거 같았습니다! 이용은 하되, 마치, 그 위에 있는 거 같습니다."

어렴풋이 말한 것이었지만 어떤 느낌인지는 확실히 이해했다.

나는 던전의 서열 시스템에 순응하지 않았다.

그저 적응하고 극복할 뿐이었다.

"케하하하! 달텅답구나! 그래. 바로 맞췄다."

"케학학! 좋게 들어주시니 다행입니다!"

물론 나는 뫼비우스 초끈의 안내를 받아왔다.

그게 가장 결정적인 요소였다.

그럼에도 선택하고 행동한 건 나였다.

앞으로 상승하는 속도가 점점 빨라질 텐데, 어느 순간엔 막연히 믿고 따르는 게 아니라 내 생각으로 결정해야 될 때가 올 것이다.

"케헥헥! 달텅!"

"네, 카몬님!"

"보여줄 것이 있다! 나를 따라오도록!"

이너레인 쪽을 쳐다보았다. 시력이 상승해 어느 정도는 어렴풋이 우월자들의 자태가 보였다.

모두 하나 같이 흉흉한 갑옷이나 무기를 두르고 있는

모습이었다.

잘못해서 가까이가면 금세 살이 찢길 가시나 칼날이 몸에 붙어 있었다.

"헥헥! 3층 대포보다 더 흥미로운 걸 보여주마!"

"케하악! 정말 기대됩니다!"

문득 기계학 서적의 구조 몇 개가 생각났다.

그 때 하습한 요소들을 써먹어야겠다.

방전과 포틴메탈 컨트롤이 있다면 얼마든지 가능할 테지.

"오, 바깥 쪽 레인으로 향하시는 겁니까?"

"그렇다. 포틴메탈이 아주 많이 필요해. 그러려면 14층 마물들을 좀 사냥해야지. 재료를 얻어야 하니까."

나와 달텅 모두 본래 14층 태생이 아니었다. 그래서 14층 마물의 몸을 지니고도 14층 마물들을 이종족이라는 식으로 불렀다.

그게 오히려 결속력의 일부가 되고 있지.

"돕겠습니다!"

달텅과 50만대 서열의 트랙으로 향했다.

이제는 다시 내가 달텅을 놀라게 해줄 차례다.

40만 대 서열의 트랙을 지나칠 때쯤 문득 떠오르는 게 있었다.

"헥헥!"

끝내 난 코드를 어기고 수없이 많은 포식을 해왔다. 굳이 내게 먼저 시비를 걸지 않아도, 필요할 때면 망설임 없이 같은 층 마물을 삼켰다. 상황에 쫓기고 성장하는 것에 과하게 몰입한 거 같다.

성장의 쾌락에 빠져서이기도 했고.

분명 포식을 함으로 인해 상당한 시간을 단축해왔다.

"케헥!"

적어도 내가 스스로 점검해 봤을 때 나는 포식 행위로 인해 미치지 않았다. 생존과 신분상승이란 목적이 더더욱 분명했기에.

게다가 자꾸 던전에서 층마다 육신을 옮기다 보니, 마물의 죽음에 관해 더더욱 초연하게 됐다.

"헥헥! 달텅!"

"네, 카몬님!"

"혹시 죽으면 어떻게 되는지 아나?"

혹시나 싶어 물었다. 그러면 아는 만큼 정직하게 말해줄 거 같았다.

"그냥 머릿속에 있는 내용입니다만, 죽으면 무작위로 같은 층에서 다시 생성됩니다. 기억이 초기화 되어서요! 서열은 어떻게 정해지는지 모르겠습니다."

"헥! 정말이냐!"

"그렇습니다. 다들 숨 쉬는 법을 알 듯이, 그냥 알고 있는 내용입니다."

그동안 마물들이 생성이란 개념을 여러 번 언급하긴 했었다.

하지만 저토록 구체적으로 죽음 후의 일도 알고 있는 줄은 몰랐다. 한정된 지능이라, 당연히 사후 세계 같은 부분은 사유하지 않을 거라 가정했다.

과연 그들은 그럴 만한 지능이 없었다.

단지 머릿속에 답이 새겨져 있는 것이었다.

그럼 죽음 뒤를 몰라서가 아니라, 현재 서열과 삶에 집착해서 죽음을 두려워하는 것이렷다.

오히려 내 입장이 더 급했다. 나는 죽으면 재생성 되는 게 아니라 실제 몸도 뇌사로 죽게 되니.

"헥헥. 흥미롭구나."

그럴수록 나나 전준국, 남궁철곤 같은 존재들의 의미가 궁금해졌다. 그 중에서도 난 특별했다.

뫼비우스 초끈을 따라 더 층을 올라가면 알게 되겠지.

"케헥헥!"

치지지직!

레인을 바깥으로 옮기는 중에서도 자동 질주는 계속됐다.

그래서 레벨 업을 반복한 나는 어느새 3만대 서열에 진입했다.

"케헥헥! 거대한 분들이시여! 어찌 여기까지!"

"혹여 안쪽으로 가려다 잘못 오신 거 아닙니까? 굳이 왜 긴 트랙을 달리시는지요!"

초라할 정도로 작은 마물들을 내려다보았다.

불과 얼마 전까지만 해도 나는 저들보다 작거나 저들만 했었다. 그 옆에서 나란히 달렸었다.

"케헥!"

하지만 매순간을 음미하기엔, 나는 너무 바쁜 팔자였다.

게다가 달텅 말을 들으니 더더욱 맘이 가벼워졌다. 다시 생성된다 이거지.

맨 아래 층은 폐기물 처리소.

이 층은 여분 전류를 위층에 쏘아 보내는 발전소.

던전은 층 마다도 생태계를 품고 있었지만, 거대한 던전 자체로도 하나의 거대한 생태계였다. 추가적인 거시적 내용들은 올라가서 직접 확인해야겠지.

생략된 층들이 어떤 기능을 할지 궁금하긴 하네.

절대 직접 겪어보고 싶단 뜻은 아니었다.

"곧 도착할 거 같습니다!"

"됐다. 여기 정도만 해도 편히 사냥을 할 수 있겠어."

"정말 약한 마물들을 일방적으로 죽일까요? 프리프로그가 알면 많이 놀랄 거 같습니다."

내가 달텅을 좋게 생각하는 이유는 여러 가지였다.

그 중 하나는 깍듯이 모시면서도, 진솔한 생각을 거리낌 없이 말한다는 것이었다.

나는 그런 솔직함을 되레 선호한다.

"물론 일반적인 경우 난 약자를 짓누르는 길 싫어한다. 하지만 필요할 땐 어쩔 수가 없어. 단순히 마물 하나둘의 생명을 아끼는 것보다 더 큰 목적이 있거든. 전부 설명해주긴 힘들어."

"저는 어쨌건 카몬님을 따를 생각입니다! 불필요하게 약자들을 괴롭히는 분은 아니니까요!"

"고맙구나, 사냥을 시작하자!"

"캬아아아!"

나는 다른 층 정도가 아니라 애초에 던전에서 태어난 존재가 아니었다.

그 점을 설명해줘도 달텅이 이해할 수 있을 거 같지 않았다.

치지지지직!

"케헤헥!"

"케아아악!"

발로 쳐서 날려 보낼 정도로 작은 마물들에게 번개를 뿌렸다. 달텅 역시 거들었다.

수십 마리가 한꺼번에 다리와 목이 접혀 자리에 주저앉았다. 앉는 순간 숨이 거두어져 알아서 쇠기둥으로 뭉쳤다.

교정 수준이 아니라, 뼈대를 뒤트는 요소를 번개에 심은 덕분이었다.

척!

꼬리로 여러 마리를 끌어 모아 으깼다.

쾅!

다음으론 발로 작은 마물들을 밟아 죽였다.

"케헥!"

전부 압도적인 공격이라 고통 없이 마물들을 즉사시킬 수 있었다.

치지지직!

"케하아악!"

얼마 지나지 않아 트랙 3줄을 완전히 비울 수 있었다.

도망간 마물들도 적잖았지만 순식간에 당한 마물들이 더 많았다.

전부 합쳐 수백 마리는 되는 거 같았다.

"이제 쇠기둥들을 전부 한 곳에 모아 뭉친다!"

"헥헥, 네! 알겠습니다!"

달텅과 나는 워낙에 덩치가 커서, 쇠기둥이 많아도 질주를 방해받지 않았다.

우리가 쇠기둥에 부딪쳐 넘어지는 게 아니라, 쇠기둥이 발에 치여 날아갔다.

게다가 꼬리를 이용하거나, 자기장을 뿌려서 앞을 막고 있는 쇠기둥들을 한꺼번에 치울 수 있었다.

트르르륵, 척! 트르륵!

마물들을 죽이고 얻은 쇠기둥들을 일단 사용하기 편하게 한곳으로 모았다.

트랙 곳곳에 큼지막한 아지랑이가 피었다.

나와 달텅의 포틴메탈 컨트롤 능력으로 어렵지 않게 높고 굵은 기둥 하나를 만들어냈다.

이번엔 부딪칠 경우 곧장 넘어질 정도로 큰 기둥이었다.

"헥헥헥! 달텅! 이제 내가 만들 무기를 잘 지켜보아라! 총 3가지를 보여줄 것이다!"

"케헥헥! 알겠습니다! 성발 기대됩니다!"

"그런데 잠시 물어볼 것이 있다. 우리가 방금 방전으로 여러 마물들을 죽였잖느냐?"

"그렇습니다! 내키진 않았지만 효과가 엄청났지요, 케헥헥."

"그럼 비슷한 덩치의 마물에게 번개를 쏘아도 효과가 있느냐?"

"헥헥, 그건 아닙니다. 약한 마물에게 일부러 약하게 쏴서 관절을 원하는 대로 바꿀 순 있습니다. 강하게 쏴서 방금처럼 태울 수도 있고요. 헤엑, 헥. 하지만 대등한 마물은 잠깐 마비시키거나 방해하는 정도입니다."

"케하하! 그렇다면 지금 보여줄 무기가 더더욱 의미가 있겠구나."

예상대로였다.

번개가 제일 강력한 무기가 아니기에, 이너레인 우월자들은 갑옷이나 각종 뿔 등을 만들어 갖추고 있는 것이었다.

"자! 잠시만 기다리어라. 완성해서 직접 보여줄 테니!"

나는 속도를 한껏 늦춘 다음 뭉쳐놓은 포틴메탈로 새로운 무기를 만들기 시작했다.

우우웅.

아쉽게도 제동이 불가능했다.

그저 최대한 느리게 지나가며 포틴메탈을 조작하는 게 다였다.

철컥! 철컥!

끝내 3가지 무기를 모두 완성했다.

모두 장착하기엔 너무 무거워서, 일단 자성으로 2개만 끌어와 몸에 접붙였다.

장착과 탈착이 편하게 몸통에는 프레임 구조를 만들어놓았다.

[2성 각성.]

덩치를 불려서 무거워진 몸무게를 극복했다.

"자! 먼저 자성포를 보여주도록 하겠다. 감각으로 실험을 해보니 쇠를 조종하는 감각을 한곳으로 뭉쳤다 퍼뜨릴 수 있더구나."

그우우웅.

나는 11자로 뻗은 포의 심지에 개별 자성을 뭉쳐 넣었다.

그리곤 한순간 터뜨렸다.

쓰웅!

안에 넣어놓았던 탄알이 순식간에 쏘아져 나갔다.

"케학학! 정말 놀랍습니다! 몸에 대포를 달고 다니는 거나 다름없군요!"

"게다가 정화 물질의 탄력이 아니라 자성을 이용하기 때문에 더 정확하고 강력하다!"

"케헥헥! 번개 같지만, 뿔 같은 그런 무기군요!"

"그렇다! 두 번째 무기는 중거리에서 사용하는 무기니라!"

썰컥!

접이식 낫의 밑단 부분에 자성을 불어넣었다.

그러자 사마귀의 팔처럼 3단으로 낫이 펼쳐지며 내 양 옆을 갈랐다. 그리곤 다시 자성으로 접혀져 들어갔다.

"케헥!"

"접이식 낫이다. 꽤 넓은 범위로 양 옆의 적을 기습할 수 있어. 나란히 달릴 때 효과적일 것이다."

내 무기들에 달텅이 깊이 감명을 받은 듯 했다.

그냥 뾰족한 뿔을 접붙인 것과는 차원이 다른 파괴력이었다.

"헥헥! 꼬리와는 비교도 되지 않는 공격이 될 겁니다!"

"물론이지. 이런 무기들이 있으면 어느 수준부턴 서열이 중요치 않게 된다. 비교적 낮은 서열의 팩으로도 우월자들을 상대할 수 있어!"

"헥헥, 놀랍습니다! 프리프로그 때가 생각납니다!"

"효과적인 무기는 큰 서열 차를 극복할 수, 케헥! 있게 해준다!"

철커덩.

접이식 낫을 내려놓고 3번째 무기를 장착했다.

"자! 이번엔 마지막 무기다. 회전톱날이니라. 단거리에서 싸울 때 편하고, 계속해서 감각을 불어넣어 사용하는 것이 특징이다."

위이이잉!

축에 고정시켜 놓은 회전 톱날이 3번째 무기였다. 단순히 1개만 만들어놓은 게 아니라, 몸통 양옆을 거의 10개의 회전 톱날로 도배했다.

그래서 접이식 낫과 동시에 사용하기 어려운 것이었다.

"케헥! 놀랍습니다! 몸통끼리 부딪칠 경우 살이 다 찢길 거 같습니다!"

"모두 대상에게 넘어지는 것 이상의 피해를 줄 수 있다. 자, 이제 내 몸통과 똑같은 프레임 구조를 만들어 네 몸에 붙이거라."

"케헥! 설마 제게도 무기를 주시는 겁니까?"

"네가 접이식 낫을 쓰도록 해. 자성포는 내가 따로 만들어주도록 하지."

"캬아아아!"

내 말에 달텅이 신이 나서 울부짖었다.

설마 내가 손수 무기를 만들어줄 줄은 몰랐다는 것이다.

"설마 내가 이 좋은 것을 홀로 사용할 것이라 생각했느냐. 케하하!"

"헥헥! 3층 땐 인원관리만 해서 사실 대포를 많이 사용해보지 못했습니다. 14층에선 직접 대포를 몸의 일부로 품을 수 있다니, 놀랍습니다!"

"네 팩이 믿을 만 하다면 그들에게도 무기를 줄 것이다. 우월자를 상대할 정도로 강력한 무기니라."

"케헥헥! 물론입니다!"

철컥!

달텅이 몸에 프레임 구조를 만든 다음 접이식 낫을 장착했다.

우우우웅, 철컥.

나는 금세 제작을 마쳐 달텅의 어깨에 2개의 소형 자성포를 얹어주었다.

내 것은 허리에 얹어진 더 큰 자성포였다.

"이제 네 팩으로 가자꾸나!"

"알겠습니다! 모두에게 위대하신 카몬님을 소개하겠습니다!"

"헥헥. 어서 가자!"

이제 서열을 극복할 무기마저 갖췄다.

우월자들이라고 해서 두려워할 필요가 없었다.

단순히 덩치를 이용한 힘겨루기를 기대하는 게 아니다.

텅텅텅!

"맥러너 팩이여! 내가 돌아왔다!"

"오! 달텅님이시여! 찾으신다는 분은 찾으셨습니까."

"와. 뭔가 신기한 갑옷을 입고 계시는군요!"

"위대한 분께서 하사하셨다! 이 분은 카몬님이시다. 앞으로 우리가 모시게 될 분이야!"

"케헥헥. 예?"

달텅은 팩 내에서 지도자층에 속하는 거 같았다. 맥러너 팩은 3만대 서열 수준으로서 20마리 정도의 마물을 포함하고 있었다.

"이런 낮은 서열을 우리가 섬기라 이겁니까?"

"그렇겐 못합니다! 달텅님은 물론 우리보다도 서열이 낮은 자가 아닙니까!"

"인정 못합니다!"

달텅의 명령에도 맥러너 전부가 심히 항의를 했다.

갑자기 나타난 나를 인정할 수 없다는 것이다.

"이 새끼들! 감히 카몬님에게 무슨 말버릇이냐!"

"대체 왜 저런 낮은 서열을 떠받드는 겁니까!"

"달텅. 괜찮다."

화를 내는 달텅을 잠잠케 했다.

나는 스윽 맥러너 팩을 둘러보았다.

"내가 혼자 이 주변의 팩 하나를 정리해보겠다. 그러면 나를 따르겠는가!"

"케하하하! 홀로? 애초에 팩이 왜 필요한데! 바로 안쪽에 있는 팻러너들에게 가서 죽어버려라!"

맥러너들이 내게 저주를 퍼부었다.

나는 묵묵히 안쪽 레인으로 향했다.

달텅이 혹시나 싶어 곧장 나를 따랐다.

이제 새로운 무기들을 시험해볼 차례다.

내 입장에선 맥러너든 팻러너든 상관없었다.

그들이 나를 인정하는 게 중요한 게 아니라, 내가 거둘 만큼 쓸 만한 조직원이 있는가가 관건이었다.

그래도 달텅이 속한 팩이라고 하니 맥러너를 조금 더 고려해주는 것이었다. 반드시 팻러너를 적대하고 맥러너에게만 부드러울 필욘 없었다.

턱턱!

"넌 뭔데 함부로 우리 트랙에 들어와!"

"쫓겨나고 싶나! 웬만하면 얌전하게 나가."

"팻러너의 대장은 나와라!"

"헥헥! 건방진! 누가 감히 함부로 날 부르는 게냐!"

내 도발에 팻러너의 팩 대장이 발끈했다.

다른 팻러너 마물들과 마찬가지로 둥그런 몸통 갑옷을 입고 있었다. 때문인지 팻러너들은 하나 같이 둔해보였다.

그들은 독특하게도 일부러 속도를 늦추어 질주 중이었다. 묘한 조직 문화가 느껴졌다.

팻러너〈Fat Runner〉라는 팩 이름이 묘하게 어울렸다.

"다시 묻지 않겠다. 내 밑으로 네 팩을 종속시키겠느냐? 순순히 꼬리를 말면 해치지 않겠다."

"케하하! 진지하게 하는 말이더냐?"

"물론이다. 내가 장난치는 것 같아 보이나?"

내 말에 팩 대장이 한번 크게 비웃음을 터뜨렸다. 그리곤 잠시 느리게 질주하며 내 온 몸을 구석구석 훑었다.

"흠! 헌데 신기한 갑옷과 뿔을 지니고 있구나. 한 때 이 너레인에서도 신기하게 쇠를 부리는 우월자를 본 적이 있지."

보통은 도발에 넘어가 마구 덤벼들 터였다.

독특하게도 팻러너 대장은 잠시 흥분을 가라앉히고 나를 관찰했다.

"정말 너희 둘이서 우리 팩을 상대하려고 온 것이냐?"

"안 그랬으면 겁 없이 트랙에 쳐들어오진 않았겠지? 헥헥!"

"좋다. 그럼 실력을 한 번 보여다오. 우리 팩 말고, 저 앞에 가는 무소속 마물에게 말이다!"

속으로 조용히 감탄했다.

보통 팩에 속한 마물은 겁이 없기 마련이었다. 숫자가 많아서 무조건 유리하다는 생각 때문에.

그럼에도 팻러너 대장은 전에 뭔가 본 적이 있는지, 일단 내 힘을 다른 마물에게 써보라고 했다.

혹시나 싶어 일단 조심하는 것이다.

실력을 보여주면 보다 손쉽게 조직을 거둘 수 있을 테다.

내가 만든 무기들은 그냥 척 보고 따라만들 수준이 아니었다.

"좋다. 잘 보아라. 덩치나 외모만 보고 판단하는 게 얼마나 멍청한 짓인지 깨닫게 될 것이다."

일부러 옆 트랙을 달리는 맥러너들에게도 들리게 말했다.

그들은 유심히 내 행적을 관찰 중이었다.

당장 죽임을 당하지 않은 게 신기하다는 눈빛이었다.

"컹컹!"

쾅쾅!

나는 힘껏 가속하며 달리기 시작했다.

그러면서 중형 자성포를 돌려 앞에서 달리는 마물을 겨냥했다. 나보다 훨씬 큰 덩치의 마물이었다.

쓰웅!

"켁!"

자성포에서 발사된 탄알이 재빨리 대상 마물의 허벅지를 꿰뚫었다.

위이이이잉!

고꾸라지는 놈에게 다가가 몸통을 가져다 댔다.

가가가각!

회전톱날의 엄청난 파괴력에, 넘어진 마물은 순식간에 죽음을 맞았다.

"케헥헥! 번개에 비할 바가 아니로구나!"

"뿔처럼 날카롭지도 않은데 몸이 다 찢겨나갔어!"

"저 정도면 웬만한 갑옷은 그대로 갈려나가겠군. 헥헥."

다시 속도를 늦춰 팩 대장 옆으로 이동했다.

슬쩍 자성포를 놈에게 겨누자 놈이 흠칫했다.

"추, 충분히 실력을 보았다! 어쩐지 이너레인 우월자들이 생각나더라니. 알겠다. 팻러너를 네게 넘기도록 하지. 나는 부대장을 맡도록 하마! 과연 덩치가 전부가 아니구나!"

"그게 팩 대장에게 보일 태도인가!"

달텅이 호통을 치자 전 팩대장이 다시 한 번 흠칫했다.

몸이 둔해보여서 그런지 반응 역시 더 커보였다.

"깨갱! 죄송합니다. 이제부터 깍듯이 모시겠습니다. 팻러너의 새로운 대장님이시여."

"이 트랙에 오래 머물 생각은 없다. 팻러너는 들어라!"

"헥헥!"

한순간 팻러너 마물들이 내 입에 귀를 기울였다.

그건 바깥 레인의 맥러너들도 마찬가지였다. 혹시 보복을 당하진 않을까 잔뜩 겁먹은 모습이었다.

누가 봐도 팩 대 팩으로 부딪치면 팻러너가 맥러너를 압도할 터였다.

그런 팻러너 팩을 나는 혼자 장악해버렸다. 전에 날 무시했던 맥러너 구성원들은 현재 엄청나게 초조할 것이다.

"이제부터 빠르게 이너레인으로 침투할 것이다! 당연히 우월자들과 충돌이 있을 것이다. 하지만 방금 보았듯이 서열을 극복할 무기가 있다."

내가 잠깐 말을 끊고 숨을 가다듬자 달텅이 눈치 있게 말을 이었다.

"카몬님의 팩을 따르는 자들에겐, 방금 본 강력한 무기를 만들어서 지급할 것이다! 우월자들에게 덤비는 것이 두렵지 않은 자들은 이 트랙에 남아라!"

"헥헥! 우, 우월자들에게 덤벼 든다니!"

"아무리 무기가 있어봐야 자살 행위일 거 아냐!"

내 외침에 일순간 주변 트랙이 어수선해졌다.

3만 대 서열에게 이너레인 우월자들은 초월적인 존재들이었다.

3만대 초반 서열과 100위권 마물의 덩치 차이는 거의 2배 정도였다. 심지어 3만 대 정도만 해도 덩치가 집채만 했는데 말이다.

"강제로 끌고 가진 않겠다! 우월한 자들을 꺾고 이너레인으로 들어가고 싶은 자들만 자원하라! 소속 팩은 상관하지 않겠다!"

"용기를 내어 이너레인으로 들어가고 싶은 자는 새로이 카몬팩으로 들어 오거라! 붙잡는 팩 대장은 우리가 처리해주겠다!"

"따를 자들은 이번 트랙에 남고, 몸을 사릴 자들은 바깥 트랙으로 나가거라! 컹컹!"

나와 달텅이 단호하게 공표했다.

그러자 한동안 침묵이 돌더니 마물들이 슬그머니 트랙을 바꾸기 시작했다.

예상대로 대부분은 바깥 레인으로 이동했다.

굳이 왜 우월자들에게 덤벼 죽음을 자초하냐는 것이었다.

"헥헥, 잘 부탁드립니다! 꼭 이너레인을 독차지하는 우월자들을 엿 먹여 보고 싶었습니다!"

"저는 한 번, 주신다는 무기를 써보고 싶습니다. 제 서열보다 훨씬 강해져보고 싶습니다!"

"케헥헥, 모두 환영한다! 나를 따라 일렬로 달리도록 한다."

20분 정도가 지나자 얼추 남을 마물들이 정리됐다.

팻러너와 맥러너 팩, 그리고 무소속 출신 마물들을 합쳐 총 30마리가 모였다.

무모한 작전에 자원하는 것이었음에도, 다행히 적잖은 마물들이 나로 인해 큰 자극과 도전을 받았다.

"달텅! 네가 카몬 팩의 부대장이다. 이 마물들을 이끌고 약한 마물을 사냥해 쇠를 모아라! 잠시 나는 안에 다녀오겠다."

"아. 무슨 말씀인지 알겠습니다. 최대한 쇠를 모아 놓겠습니다! 카몬 팩의 구성원들은 나를 따르라. 바깥으로 이동해 재료를 구할 것이다."

"헥헥! 따르겠습니다!"

달텅이 포틴메탈을 충분히 확보하는 동안 나는 철저히 강해지기로 했다.

내가 개발한 무기들이 있으면 서열이 많이 중요하진 않을 터였다.

하지만 그건 일반 보병 얘기였고, 나는 장수로서 좀 더 많은 무기를 품어야 했다.

그래야 필요할 때 치명적인 타격을 입힐 수 있었다.

"잠시 후에 보자꾸나, 달텅!"

"네, 카몬님! 더더욱 커지실 모습에 벌써 기대가 됩니다!"

달텅은 벌써 내가 급속 성장을 취하고 올 거란 걸 알았다.

[2성 가속.]

꾸드드득.

한껏 덩치를 불려 세차게 안쪽 트랙을 돌았다.

시비가 걸리지 않을 만큼만 안쪽으로 이동해, 순환점 통과 직전에 학습률2000% 권능을 선택했다.

치지지직!

몸에 스며드는 붉은 기운을 만끽하며 힘껏 가속 관절에

감각을 불어넣었다.

이제 14층 정중앙에 있는 번개 기둥이 눈에 띄게 가까워졌다.

곧 바로 옆에서 달리는 순간이 올 것이다.

❖

일부러 완주 횟수를 세지 않고 안쪽 트랙을 돌았다.

오로지 마구 올라가는 레벨과 서열에만 집중했다.

점점 가속되는 성장에 미친 듯이 몰입했다.

[학습률2000% 선택.]

치지지직!

-레벨 업! [Lv.52001 / 힘: 20000〈MAX〉 / 민첩: 52001 / 지구력: 40000〈MAX〉 / 지능: 3000〈MAX〉]

[카몬 - 14층 - 341위.]

이제 난 이너레인에 입성할 정도의 덩치를 갖추게 됐다. 모든 스탯이 민첩성을 제외하고 최대치에 도달했다.

그야말로 난 극강의 육체를 가지게 됐다.

허나 내가 현재 결과를 반가워하는 이유는 육탄전이 유리해졌기 때문이 아니다.

"컹컹!"

더더욱 많은 무기를 등에 얹고 달릴 수 있게 됐기 때문이었다.

기기기긱.

제동까지는 아니지만, 거의 기는 정도로 느리게 질주할 수 있게 됐다. 그 정도로 근육이나 금속 관절이 발달했다. 가속 부문은 말할 필요도 없었다.

그에 더해 달텅으로부터 흡수한 모든 능력들이 A급 이상으로 발달됐다.

"케헥헥!"

쾅쾅!

거대한 몸체를 이끌고 팻 러너를 만난 트랙으로 이동했다.

이번엔 알아서 다른 마물들이 가속하거나 속도를 늦추어 길을 터주었다.

누가 봐도 나는 이너레인 우월자에 필적하는 마물이었다.

"캬아! 달텅!"

"케하아악! 우월자다!"

"도망 가! 들켰어!"

"멈춰라! 내가 바로 카몬 팩의 대장이다!"

"헤헥! 설마!"

처음 있는 일이 아니었다. 휘하 조직원들이, 급격히 커진 날 보고 혼비백산하여 도망치려 하는 일이 말이다.

다음은 나를 알아보고 더더욱 충격에 빠지곤 했다.

이번도 마찬가지였다.

나를 알아보는 수단은 내 하이에나 같은 얼굴과 목소리
였다.

"카몬 대장님! 돌아오셨군요. 최대한 많은 쇠를 모아놨
습니다!"

"잘했다! 지금부터 무기를 만들어 지급하겠다. 기본적으
로 일반 조직원에겐 소형 자성포 1정을 지급하겠다! 달텅이
인정하는 간부 둘에게는 각각 접이식 낫과 회전톱날을 지
급하겠다! 소형 자성포 2정에 더해서 말이다."

"케헥헥! 감사합니다!"

달텅은 내 명령대로 믿을 만한 간부 둘을 선정했다.

우우우웅.

나는 막대한 양의 자성을 뿜었다.

그러자 카몬 팩이 모아놓은 높고 굵은 쇠기둥은 물론, 주
변에 있던 마물들까지 어느 정도 영향을 받았다.

"기본적인 전투는 내가 할 것이다! 카몬 팩의 구성원들
은 나와 달텅의 명령에 따라 지원 사격과 기습을 맡도록 한
다!"

"캬아아! 알겠습니다!"

약 1시간 정도를 투자해 30마리에 걸맞은 포틴메탈 무기
들을 만들었다.

그리곤 프레임까지 제작해 일일이 무기를 장착시켜주었
다.

"케헥헥! 놀랍습니다!"

마물들은 이질적인 감각에 한껏 신나했다.

"무기를 얻었다고 배신할 생각은 말도록! 자성으로 무기를 뜯어내는 건 물론, 나는 너희들의 척추까지 단번에 자성으로 꺾을 수 있어!"

"케헥헥! 설마요!"

결성되지 얼마 되지 않은 카몬 팩에게 미리 경고를 했다.

그 뒤론 어떤 식으로 작전을 펼쳐야 할지 짧게 훈련을 했다.

"달텅! 잠시 사격 훈련을 하고 있거라! 포틴메탈 컨트롤 감각을 뭉쳤다 터뜨리는 것, 그리고 정확히 탄알을 대상에 맞추는 훈련이 필요하다!"

"알겠습니다! 넘어져도 일어설 줄 아는 자들이니 금세 배울 겁니다! 쇠기둥을 조금 떼서 사격 연습 대상을 만들겠습니다!"

달텅에게 단기 훈련을 맡겨놓은 뒤, 추가적으로 무기를 만들어 내 몸통에 올려 장착했다.

철컥, 터덕!

"케헥헥."

거대한 내 몸이 한층 더 육중해지고 화려해졌다.

대형 자성포 1정. 중형 자성포 2정. 그리고 소형 자성포 3정. 그에 더해서 탄창대까지.

나는 그야말로 뛰어 다니는 요새에 가까웠다.

그것도 모자라 대형 접이낫까지 장착했다.

작은 마물들은 한꺼번에 수십씩 썰어버릴 수 있는 정도였다.

"위대한 카몬님이시여! 이제 쳐들어갈 준비가 됐습니다! 사격에 우수한 자들을 따로 추려 저격 부대를 만들었습니다!"

달텅은 프리프로그에서 배운 조직 구성 능력을 십분 활용했다.

"좋다! 이제 이동하도록 한다! 카몬 팩은 나를 따르도록 하라!"

[2성 각성.]

꾸드드득.

341위 서열에서 2성 각성을 하자, 14층 내에서 손가락에 꼽을 만큼 덩치가 커졌다.

덕분에 등에 덕지덕지 얹은 무기들이 하나도 무겁지 않았다.

"케헥헥!"

"우월자들을 사냥해보자!"

"케하하! 내가 살아있는 동안 이너레인에 들어가 본다니!"

뛰어다니는 요새인 나를 보고 카몬 팩은 한껏 사기가 올랐다. 우린 포효를 내지르며 번개 기둥에 가까워졌다.

가면 갈수록 자동질주의 편리함을 인정하게 됐다.

그저 생존하기만 해도 주기적으로 충전과 성장 혜택을 받을 수 있었다.

덕분에 포식을 하지 않아도, 이너레인으로 향하는 도중 계속 서열과 레벨이 올랐다.

"헥헥헥!"

카몬 팩은 열심히 날 따라오고 있었다.

비록 다른 마물들보단 덩치가 작았지만, 내 존재 덕분에 이너레인으로 향하는 것에 어려움은 없었다.

"캬아아아! 다 비켜라!"

우우우웅!

1만 대 서열의 트랙에 거의 가까워졌다.

자성을 뿌려서 나보다 작은 마물들을 전부 다른 곳으로 밀어버렸다.

그러면 카몬 팩은 가로 행렬로 유유히 나를 따랐다. 표정이 비장하기도 했고 잔뜩 긴장해서 경직돼 있기도 했다.

그도 그럴 것이 온통 주변은 우월한 마물들뿐이었다. 나와 내가 지급한 무기들이 아니었다면, 진즉 겁에 질려 도망쳤겠지.

철컥, 철커덕.

주변 마물들은 워낙에 덩치가 커서 움직일 때마다 갑옷이나 관절에서 쇠 소리가 났다.

턱턱턱!

"헥헥, 정말 깊숙이 들어왔군요!"

"더더욱 긴장해라, 달텅."

마침내 5천대 서열의 트랙으로 이동했다.

번개 기둥과 가까워서 그런지, 스며드는 전류가 찌릿찌릿하게 느껴질 정도로 강했다.

나는 잠시 인원 점검을 위해 현재 트랙을 점거했다.

"캬아아아! 아까부터 조무래기들이 안으로 들어오는 걸 주시하고 있었다. 죽고 싶어 환장했구나!"

"그만! 내가 거두고 있는 팩이다. 절대 건드리는 걸 허용치 않겠다."

"캬르르! 하찮은 자들을 가지고 노는 게 취미인 우월자인가? 아무리 우월자라도 여기선 어림없다!"

"캬아아!"

5천대 서열의 트랙에서 시비가 걸렸다.

감히 나한테는 뭐라 하지 못해도, 훨씬 작은 카몬 팩에겐 자격이 없다고 으르렁거렸다.

"카몬 팩. 전부 자성포를 준비해라."

우우우웅.

내 명령에 일제히 카몬 팩이 자성포를 활성화시켰다. 일제히 11자 포신이 일어서서 적에게 겨눠졌다.

"오늘 조무래기에 더해서 우월자의 살까지 씹어보겠구나! 멍청하게 이너레인 밖에서 나돌아 다니다니!"

"쳐라!"

5천 대 서열의 팩이 덤벼들었다.

숫자는 열 정도로 그리 많지 않았다.

"나를 둥그렇게 감싸라! 최대한 내게 몸을 붙이도록!"

"케헥헥! 정말 살벌합니다!"

거대한 마물들이 철컥거리며 달려왔다.

"발사하라!"

콰과과과!

한꺼번에 수십 발의 자성포가 발사됐다.

가장 격렬히 탄알을 발사하는 건 바로 나였다.

"케헥!"

"케헉헉!"

수백 발의 탄알이 쓸고 지나가자, 기세 좋게 달려오던 5천대 서열의 팩이 순식간에 무너졌다.

철컥!

나는 급히 가속해 죽어가는 마지막 적에게 다가갔다.

"제, 제발! 일어설 수 있게 자비를! 도망가서 바깥에서 살게 해주십시오."

"이미 그 정도로 벌집이 됐으면 죽은 목숨이다!"

썰컥!

접이식 낫을 휘둘러 마지막 마물의 목을 절단시켰다.

"캬아아! 들거라! 나를 따라 이너레인을 정복할 마물을 모집한다! 딱 넷만 받도록 하겠다! 지금 자원하는 자는 방금 본 무시무시한 무기를 통해 우월자에게 대항할만한 힘을 갖추게 될 것이다!"

한순간 트랙 전체의 시선이 내게 집중됐다.

나는 능숙하게 지원자를 받았고, 그에 따라 4마리가 자원했다.

나머지는 겁에 질려 그저 바라만 볼 뿐이었다.

"모시겠습니다."

"우월자를 모셔보고 싶었습니다."

"항상 눈앞에서만 번개 기둥을 보고, 늘 궁금해 하기만 했습니다. 가까이 갈 수 있다면 재생성되는 한이 있더라도 도전해보고 싶습니다, 케헥헥!"

"좋다! 무기를 지급하겠다."

새로 지원한 5천대 서열의 마물들은 각기 다른 동기를 가지고 있었다.

당연히 나에 대한 충성심은 없었지만, 단기간 쓸 용병 같은 자들이라 크게 상관은 없었다.

방금 죽인 거대한 마물들의 뼈를 이용해 무기를 만들었다.

"너희들을 기습 간부로 임명하겠다. 내가 명령할 때 달려들어 공격하면 돼."

"알겠습니다, 헥헥!"

"멍청하지 않아서 알겠지만, 배신하거나 탈출할 생각은 하지 않는 게 좋을 것이다. 너희들에게 달아준 무기는 족쇄 같은 것이기도 해."

"죽거나 이너레인을 밟아보거나! 이미 각오는 됐습니다."

"좋다."

숫자가 많진 않았지만, 이너레인으로 침략할 인원을 구하는 게 생각보다 어렵진 않았다.

늘 상 원하고 있다가, 내가 보여준 현실적인 수단을 보니 도전하고자 하는 것이었다.

즉 나는 저들에게 수단이었다. 나도 마찬가지로 저들을 이용하는 것이었고.

"남은 쇠로 탄알을 만들어 장전 및 보충을 진행한다! 잠시 후에 계속 이동할 것이다!"

5천 대 서열 간부 넷에게 회전톱날과 접이식 칼날을 동시에 지급했다.

그들 넷은 철저히 근거리 기습 부대로 사용할 것이다.

기존 팩에 더해진 꽤나 든든한 전력이었다.

"케헥헥, 내 뒤로 2열을 지어 이동한다! 따르라!"

"헥헥! 간다! 뒤처지지 마라!"

5천대 서열은 몰라도 3만 대 서열은 정말 정신을 바짝 차려야했다.

잘못해서 뒤처지는 순간, 영락없이 강한 마물들의 먹잇감이 될 터였다.

턱턱턱!

"비켜라!"

우우웅.

자성으로 마물들을 밀어내며 길을 텄다.

그리곤 새로운 간부 넷을 포함한 팩을 속도감 있게 이끌었다.

[카몬 – 14층 – 231위.]

그새 서열이 꽤 많이 오른 상태였다.

캉캉캉캉!

5백 대 서열의 트랙에 도달했다.

이번에는 원치 않게 멈춰 서서 5백 대 서열 직전의 트랙을 점거해야 했다.

다행히 작은 팩을 보고 시비를 거는 자들은 없었다. 급히 이너레인으로 향하는 내 무리를 보고 뭔가 범상치 않음을 느낀 것 같다.

간부 넷이 포함된 게 결정적일 테였다.

"카몬님. 도저히 안으로 들어갈 수가 없습니다."

"대장님. 체인러너라는 팩입니다. 이너레인으로 향하는 길을 막는 살아있는 벽입니다."

새로 들어온 간부 중 하나가 말했다.

"헥헥, 더 이상 다가가는 건 위험합니다!"

"기다려라. 질주하며 답을 떠올릴 것이다."

5백 대 서열의 트랙에선 하나로 이어진 팩이 **빽빽**하게 벽을 형성하고 있었다.

캉캉캉캉!

앞 마물의 꼬리와 뒤마물의 투구를 이어 붙여 마치 하나가 된 냥 달렸다.

문제는 옆구리에 칼날을 드러내고 있어, 쉽사리 다가갔다간 그대로 몸이 찢긴다는 것이었다.

체인러너〈Chain Runner〉라는 이름답게 정말 하나로 이어진 팩이었다. 아예 트랙을 통째로 점거해 막아서고 있었다.

"헥헥. 저 놈들이 체인러너구나. 정말 살벌하다."

그우우웅.

체인러너는 추가적으로 방어막 같은 합력 자성을 뿜어내고 있었다.

거기에 회전력까지 더해져 꽤 위협적인 벽을 만들어냈다. 길을 열어주지 않는 이상 절대 일반적인 방법으론 뚫을 수 없었다.

"저격 부대! 나를 따라 길게 늘어져서 사방에서 자성포를 쏘도록 한다!"

"헥헥, 알겠습니다!"

저격 부대를 트랙에 길게 늘어뜨렸다. 모두가 자성포를 이너레인 안쪽을 향해 겨눴다.

"발사하라!"

콰과과과!

자성포가 일제히 탄알을 뿜었다.

체인러너를 전멸시키진 못해도, 튼튼히 이어진 팩을 끊어놓을 순 있지 않을까.

그우우웅.

허나 예상한 것보다 체인러너는 강력했다.

그들이 뿜는 합력 자성이 철저히 날아온 탄알들을 막아냈다.

"케헥! 하나도 맞지 않았습니다!"

정말 살아 움직이는 회전 벽이다.

우월자들이 만들어 놓은 격리지략이겠지.

"현재 트랙의 마물들은 들어라! 눈앞에 이너레인을 두고 들어가지 못하는 것이 한탄스럽지 않은가!"

"헥헥! 당신은 우월자인데 어째서 들어가지 않는 겁니까?"

"우월자라면 체인러너들이 길을 열어줄 겁니다. 굳이 그렇게 고생을 하지 않아도…."

"나 혼자 들어가려는 것이 아니다! 너희 모두에게 길을 터주려는 것이다!"

"케헥헥! 정말입니까!"

"제 평생소원이 이너레인을 밟아보는 것입니다!"

"저 아름다운 번개 기둥을 가까이에서 보면 얼마나 좋을까요?"

"항상 벽 너머의 공간을 멀찍이서 보기만 했습니다! 얼마나 약 오르던지!"

생각한 것보다도 반응이 뜨거웠다.

바로 눈앞에서 우월한 세계를 보는 것. 그러면서도 살인적인 벽 때문에 다가가지 못하는 것은 충분히 한 맺힐만한 일이었다.

"헥헥헥! 설마 뚫을 수 있는 겁니까!"

"너희들이 돕는다면 내가 벽을 무너뜨려 주겠다!"

내 말에 한껏 마물들이 동요하기 시작했다.

잘하면 곧장 체인러너를 무너뜨릴 수도 있겠다.

"케하하하! 어림없다! 우리가 열어주지 않는 이상 이 곳을 지나갈 마물은 없어! 우월자시여! 그대만 들어오시지요!"

체인러너 대장이 내게 말을 걸었다.

나는 간단히 그 말을 무시했다.

나 혼자 들어가서는 끝내 서열1위를 제거하기가 힘들었다.

"자! 나를 도와 벽을 무너뜨릴 마물들은 모여라!"

내 선동에 금세 500마리 이상의 마물이 모였다. 그들은 내 팩의 뒤를 따르며 나를 우러러보았다.

"들거라! 내가 신호를 주면 지금 트랙에서 살던 마물들은 일제히 체인러너에게 방전을 뿜어라! 내가 다음 신호를 주면 카몬 팩이 벽을 사격할 것이다!"

"헥헥! 알겠습니다!"

"기대되는구나! 저 견고한 체인러너를 무너뜨리는 게 가능할까!"

마물들이 한껏 들떠서 수군거렸다.

"모두 벽을 감싸고 최대로 가속하거라!"

턱턱턱턱!

내 명령에 수백 마리의 마물들이 맹렬히 질주하기 시작했다.

카몬 팩에 속하지 않았음에도 내 지시에 따라 움직여주었다.

"일제히 방전을 뿜어라!"

"뿜어라!"

콰지지지직!

수백 마리의 마물들이 한꺼번에 체인러너에게 방전을 뿜었다.

위에서 보면 안으로 접혀 들어가는 전류의 꽃이 핀 것처럼 보일 테였다.

콰지지직!

"계속 퍼부어!"

"케하하하! 이 정도론 우릴 멈출 수 없다! 하나로 이어져 움직이는 우리를 감히 교정시키겠다는 것이냐!"

합력 방전이 별 소용이 없자 체인러너 대장이 기세등등하게 외쳤다.

"헥헥."

그럼에도 난 회심의 미소를 지었다.

이미 바라던 첫 번째 목적은 이룬 상태였다.

저들을 감싸던 폭풍 같던 합력 자성이 많이 약해진 상태였다.

"저격 부대! 일제히 자성포를 발사하라!"

콰과과과!

무시무시한 양의 탄알이 온 사방에서 체인러너에게 쏟아졌다.

가각! 카각!

"크헥!"

"젠장! 어서 연결 부위를 끊어!"

"케학학!"

여기저기서 체인러너 마물들이 무너지기 시작했다. 연결된 것이 되레 독이 되어 서로 엉키서 넘어졌다.

그들이 예상한 것보다도 자성포는 강했다. 그대로 갑옷을 뚫고 들어가 대상 지점을 관통해버렸다.

속도를 위해 마물들은 갑옷을 얇게 제작해 입어야 했다. 그래봤자 뿔 정도나 막을 방어력이라, 결코 자성포를 견뎌내진 못했다.

"제길! 체인이 무너진다! 모두 연결을 끊고 개별 방어를 진행하라! 벽을 포기해선 안 돼!"

"현 트랙의 마물들은 계속 방전을 뿜어 체인러너들을 마비시켜라! 카몬 팩은 대기하라!"

[2성 각성.]

꾸드드득.

체인러너들에게 달려들며 접이식 낫에 감각을 불어넣었다.

썰컥! 썰커덕!

양옆으로 낫이 펼쳐질 때마다, 살아있는 벽이라 불렸던 마물들이 다섯에서 여덟씩 죽어 나갔다.

낫의 힘이 얼마나 강력한지, 잘려나간 마물들의 조각이 허공을 비산했다.

"기습 부대! 쳐라!"

"케헥! 다 갈아버려라!"

위이이이잉!

간부들이 쳐들어 와 날 거들었다.

벌써 내가 지휘한 작전에 체인러너 태반이 죽어버렸다.

"카몬 팩! 저격으로 마무리하라!"

쾅쾅, 쾅!

"더 이상 간과할 수 없다! 우월자라고 하여 무분별하게 날뛰다니!"

체인러너가 전멸할 즈음, 이너레인에서 범상치 않은 팩이 뛰쳐나왔다.

입과 어깨에 휘어진 칼날을 품은 자들이었다.

"저, 저 자들입니다! 쇠를 무서울 정도로 부리는 우월자들이!"

전직 팻러너 대장이었던 마물이 공포에 질려 외쳤다.

신분상승 가속자

2 장 - 워리어팩

과연 팻러너 부대장이 경고한 존재들은 범상치 않은 기운을 풍겼다.

모두 숫자가 100정도였는데, 기세가 잘 훈련된 특수부대 같아 보였다.

특히 휘어진 칼날은 단순히 몸통을 부딪쳐 사용하는 용도가 아닌 거 같았다.

"아무리 같은 우월자라도 더 이상은 용서 못합니다! 감히 벽을 부수다니!"

"제거하겠습니다!"

"워, 워리어팩이다!"

"제기랄! 도망 쳐! 케헤에엑!"

벽이 부서졌다고 신나하던 마물들이 공포에 질려 도망

쳤다.

벽 너머로 이너레인을 봐왔던 존재들이니 만큼, 방금 나타난 워리어팩의 무서움을 제대로 알고 있는 것이었다.

그래도 난 물러서지 않았다.

우우웅.

되레 숨겨놓았던 전략을 꺼내들었다.

죽어서 널브러진 체인러너 마물들의 시체에서 급격히 얇은 쇠판들을 뽑아냈다.

그리곤 수 십 개의 쇠판을 내 주위로 회전시키기 시작했다.

일명 매트릭스 실드〈Matrix Shield〉였다. 내가 뿜어내는 자성이 내내 쇠판들을 회전시켜 임시 보호막을 형성하는 것이었다.

"하! 신기한 재주를 부리는구나! 보아하니 괴팍한 무기들도 많고! 하지만 워리어팩의 검엔 소용없을 것이다!"

"일제히 쳐라!"

"헥! 제가 처리하지요! 이 무기만 있으면!"

간부 중 하나가 접이식 낫을 과신하고 워리어팩에게 달려 나갔다.

썰컥!

"케하!"

워리어팩 대장이 손쉽게 접이식 낫을 피했다. 그리곤 매우 유려한 움직임으로 온 몸의 칼날을 휘둘렀다.

자동 질주 중에서도 매우 정확한 동작을 선보인다.

"케하학!"

결국 내 쪽 간부는 온 몸에서 피를 뿜으며 죽었다.

"당신의 얄팍한 무기도 저희에겐 소용없습니다!"

단순히 덩치만 커서 뿔을 휘두를 줄 알았는데, 그게 아니었다. 이너레인에 와보니 범상치 않은 마물들이 존재했다.

"카몬님을 지켜야 한다! 저격 부대! 발사하라!"

콰과과과!

저격 부대가 일제히 자성포를 발사했다.

카가강!

분명 몇 마리가 탄알에 맞아 죽긴 했다. 하지만 겨우 두세 마리에 지나지 않았다.

나머지는 제 자리에서 뛰어 허공에서 회전했다. 그러면서 휘어진 칼날로 탄알을 쳐냈다. 기가 막힐 정도로 노련하고 민첩한 움직임이었다.

"저 우월자를 죽여라! 그럼 나머지는 먹잇감에 지나지 않는다!"

"캬르르르!"

"캬아아아!"

워리어팩이 매섭게 달려오기 시작했다.

검술을 언급했다.

아주 전문적으로 몸에 두른 칼날을 사용하는구나.

"캬아!"

나도 물러서지 않고 워리어팩 대장을 기다렸다.

"케헥! 오랜만에 같은 우월자를 벨 수 있다니 영광입니다! 칼맛이 일품이거든요!"

워리어팩 대장이 비릿하게 웃으며 허공에서 회전했다.

그리곤 미묘한 동선으로 칼날을 내게 휘둘러 내렸다.

카가가강!

내가 주변에 두르고 있던 쇠판 대부분이 박살났다.

우우우웅!

나는 금세 주변에서 쇠판을 뽑아내 매트릭스 실드를 보충했다.

"케하하! 역시 우월자라고 잔재주가 대단하시군요! 언제까지 버티시나 보겠습니다!"

워리어팩이 점점 더 몰려들고 있었다.

대장 하나도 벅찬데, 협공을 당했다간 위험할 수 있었다.

쓰웅! 썰컥!

자성포를 발사하고 접이식 낫을 휘둘렀다.

카가강!

이번에도 워리어팩 대장은 귀신같은 감각으로 내 모든 공격을 칼날로 무마시켰다.

"헥헥!"

흡사 무사를 상대하는 기분이다.

이제껏 마주한 원시적인 마물들과는 차원이 다르다. 이 너레인 우월자를 너무 깔본 건가.

"족쳐라!"

카가가강!

이번엔 워리어팩 대장과 부하 다섯이 덤벼들었다. 다행히 매트릭스 실드 전부를 잃는 것으로 복잡한 공격을 막아낼 수 있었다.

"케후우!"

[능력 흡수. 대상: 12위.]

워리어팩 대장의 능력들을 한순간에 흡수했다.

곧 워리어팩의 100마리 모두가 내게 도달할 것이다.

[능력 흡수 완료! 4족 검법 A+급.]

[능력 흡수 완료! 순간 공중회전 A+급.]

"케헥헥!"

위급한 순간 워리어팩 대장의 실력을 고스란히 훔쳤다. 그 세세한 감각까지 모두.

서열 12위답게 분명 강력한 놈이다.

탓!

"케헥!"

나는 순간 떠올라 공중에서 회전했다.

내 움직임을 보고 12위의 눈이 찢어져라 커졌다.

자신의 것만큼 노련한 움직임을 본 것이다.

"모두 막아! 당장!"

썰컥! 카가가강!

나는 그대로 12위의 공중회전 동작을 따라했다.

그러면서 유려한 동선으로 접이식 낫을 펼쳤다.

쓰웅! 쓰웅!

그에 더해 공중에서 회전하는 중에 자성포를 쏘는 것도 잊지 않았다.

내 스스로도 감탄할 만큼 화려한 동작이었다.

"케헥!"

"켁!"

오로지 12위와 워리어팩 마물 하나만이 살아남았다.

나머지는 그대로 몸이 썰려 땅에 주저앉았다.

"이럴 수가! 모두 정지! 각자의 트랙에서 대기하라!"

12위가 공격을 멈추고 나를 뚫어져라 쳐다보았다. 믿기지 않는다는 표정이었다.

카몬 팩도 마찬가지였다. 갑자기 내가 꺼내든 매트릭스 실드는 물론, 4족 검술을 보고는 어안이 벙벙한 상태였다.

"믿기지 않습니다. 제가 모시는 분들은 4족 검술을 모를 텐데! 당신은 저만큼이나 강한 우월자로군요. 대체 워리어팩만 훈련한 가능한 움직임을 어떻게!"

"네가 알 것 없다. 비키어라. 너 정도라면 금방 결론이 날 텐데."

"당신의 무기가 훨씬 우월하지요. 그 중에서 같은 실력이라면, 제가 패배할 겁니다. 제 부하들도 마찬가지고요."

"똑똑해서 다행이로구나."

스릉.

"허나 한 번 더 확인해야겠습니다!"

"답답한 놈!"

12위가 불신 가득한 기색으로 덤벼들었다.

이번엔 앞으로 회전하며 매우 묵직한 공격을 찍어 내렸다. 체중마저 실어버렸다. 자신이 실력으로 앞서겠다는 의지가 담겼다.

가가가각!

매트릭스 실드를 한 데 뭉쳐 놈이 가하는 충격을 덜어냈다. 다음으론 놈이 착지하는 순간을 노려 내가 역으로 뛰어올랐다.

썰컥! 쓰옹!

"케헥!"

캉!

접이식 낫으로, 내리 찍히는 휘어진 칼날을 마주 받았다.

다음으론 드러난 틈새에 소형 자성포 1발을 쏴 보냈다. 일부러 1발만 쐈다.

"케헥헥! 믿기지 않는다! 나를 무위로 이겨내는 마물이 있다니!"

12위가 절뚝거리며 자동 질주를 이어나갔다.

그러면서도 눈은 똑바로 나를 주시했다.

워리어팩과 카몬 팩 모두가 우리를 숨죽이고 지켜보고 있었다.

치지지직!

[카몬 – 14층 – 3위.]

이제 2위의 자리도 멀지 않았다.

더더욱 커진 날 보며 12위는 고개를 떨궜다.

"대단한 무기를 만든 것도 모자라 저와 4족 검술까지 대등하신 우월자시여. 감히 당신을 막을 자신이 없습니다. 원하시는 게 뭡니까. 제 워리어팩은 살려 주십시오."

12위는 죽어라 부딪칠 경우 결국 내가 승리할 걸 아는 듯했다. 팩 단위로 따져도 말이다.

게다가 자신감 넘치던 4족 검술에서 져버렸으니 기가 꺾일 만도 했다.

같은 실력에선 더 우수한 장비를 쥔 자가 이기기 마련이었다.

"좋다. 네가 그리 나오니 네 항복을 받아주지. 길을 트고 안내까지 한다면 워리어팩을 살려주겠다. 대신, 1번 나를 도와야할 거야."

"목숨을 부지하게 해주신다면 대장으로서 약조 드리겠습니다!"

"좋아. 1위에게 안내해라."

"예?"

"1위를 만나야겠다."

"서, 설마. 그 분을 해하려는 건 아니시지요?"

"네가 그걸 따지거나 막을 입장인가?"

"…안내하겠습니다. 하지만 우월자님을 위해 말씀드리는

겁니다. 그 분은 초월자이십니다. 우월자 정도가 아닙니다."

"참고하겠다."

내심 맘이 불안해졌다. 12위의 4족 검술도 무시무시한데, 1위는 초월자라고 한다.

물론 그렇다고 하여 물러설 순 없었다.

"케헥헥. 여기가 이너레인의 가장 안쪽입니다!"

치지지직! 치지지직!

"케학학!"

"케하하하! 놀랍습니다, 카몬님!"

이너레인은 과연 낙원이 맞았다.

단순히 트랙의 거리가 짧아, 거의 분 단위로 1바퀴를 도는 게 전부가 아니었다.

순환점이 거의 모든 지점에 뿌려져 있었다.

즉 1바퀴를 돌지 않아도 수시로 충전을 받을 수 있었다. 아예 붉은 점들로 도배가 돼 있었다.

"번개 기둥 주변이라 충전 요소가 넘쳐흐릅니다."

"케하하! 놀랍구나. 정말 엄청난 특혜를 독차지하고 있었어. 이런 모습일 줄은 몰랐는데."

그그그그극.

10위권 우월자들의 모습은 놀랍기 그지없었다. 한심한 측면에서 말이다.

그들은 뒤로 드러누워 대놓고 자성에 의해 끌려지고 있었다. 매순간 충전을 누린 자들답게 덩치가 어마어마했다.

그럼에도 2성 각성을 한 나보단 작긴 했다.

"케흐흥. 새로운 2위시구나."

[카몬 – 14층 – 2위.]

트랙에 충전 요소가 깔려있는 덕분에 나는 금세 2위에 등극했다. 이너레인에 따라 들어온 카몬 팩은 매순간 충전을 받는 쾌락에 한껏 빠져있었다.

나를 따라오길 잘했다고 생각할 것이다.

"왜 달리지 않는 거야? 일부러 누워있군."

"아, 2위님! 못 보던 분이네! 신기하다. 그럴 필요가 뭐가 있습니까. 누구한테 잡아먹힐 일도 없고! 어차피 등을 대고 끌려도 얼마든지 충전이 되는데!"

"저 작은 마물들을 잡아먹고 얼른 같이 누우시지요! 정말 편안하고 좋습니다. 케흐흥."

10위권 마물들이 이리 한심하다니.

12위는 4족 검술을 완성한 제법 멋들어진 마물이었다. 자동질주 중에서도 무위를 펼칠 줄 아는.

허나 2위부터 11위는 한심하기 그지없는 자들이었다.

워리어팩과 체인러너의 보호를 믿고, 아예 편리한 자동질주조차 행하고 있지 않았다.

그저 드러누워 수시로 충전을 즐길 뿐이었다.

살찐 돼지들이 마약에 쩔은 모습과 흡사했다.

"하! 뜯어고치고 싶어지네."

이상하게 그 꼬락서니가 영 맘에 들지 않았다.

허나 내 현재 목표는 1위였다. 그 뿐이었다.

"1위는 어디 있느냐!"

-크하하하! 놀랍구나! 너를 쭉 지켜보았다. 네가 아주 바깥의 하찮은 마물이었을 때부터 말이다.

"케헥!"

"케헥헥! 번개 기둥이 말을 한다!"

이제야 왜 12위가 1위를 조심하라고 한지 알았다.

1위는 이너레인에 존재하지 않았다.

그는 유일하게 자동질주로부터 자유로운 존재였다.

이너레인에서 들여 보니 보였다.

번개 기둥 중앙에 떠 있는 늑대 형태의 존재를.

분명 금속 뼈대를 가지고 있긴 했지만, 육신이 보통의 존재들과 달랐다. 반투명하거나 발달되긴 커녕 되레 유리처럼 투명했다.

콰르릉!

-나를 만나고 싶어 이토록 빠르게 이너레인으로 온 것이냐? 나를 놀라게 할 정도니 대단하긴 하군! 하루 밤 만에 찌꺼기 수준에서 12위와 맞설 정도로 크다니.

"케헥헥, 네 놈을 죽이고 위로 올라가기 위해 왔다. 위에 볼 일이 있거든."

-크하하하! 건방진! 포틴메탈을 좀 굴리고 4족 검술 좀 펼친다고 이 몸과 대적할 수 있을 거 같으냐?

"어려울 거 없지!"

나는 카몬 팩에게 명령을 내렸다.

느슨하게 충전을 즐기던 카몬 팩이 일제히 자성포를 치켜세웠다.

"발사하라!"

치지직!

탄알은 번개 기둥에 닿는 순간 모두 녹아내렸다.

크하히! 발버둥 쳐 보거라. 나는 굳이 널 제압할 필요도 없어. 너는 내게 아무 것도 하지 못하거든.

이너레인 주변에서 200마리의 마물들을 모아왔다. 그리곤 번개 기둥에 방전을 뿌리고 자성포를 쏘아보았다.

ー큭헤하하!

이번에도 무용지물이었다.

"케하!"

좋은 방안이 생각 난 순간 던전이 급격히 차가워졌다.

"카몬 팩! 이너레인 바깥으로 이동해 대기한다! 최대한 인원을 불러놓도록 해."

극적인 상황에서 안타깝게 눈을 감았다.

그래도 달텅이 있어 카몬 팩이 완전히 혼란에 빠지진 않을 것이다.

❖

어느 정도 각오한 대로였다.

"끄아아아! 헥헥! 헥!"

두 허벅지와 어깨에 미칠 듯한 근육통이 왔다.

"컥! 헥헥! 커헉!"

그것도 모자라 폐에 구멍이 난 것처럼 숨이 가빴다.

나는 한동안이나 혼자서 호들갑을 떨어야했다.

누가 보면 간질 환자라고 오해할 정도였다.

"후우."

한참이 지나서야 컨디션이 초인의 것으로 되돌아왔다.

어쩌면 불편한 밤의 잔상이, 이질적인 초인의 몸으로 되돌아오는데 어느 정도 적응을 돕는 거 같았다.

전에 일반인이었을 때도 비슷한 맥락일 테고.

어쨌든 불편하고 고통스러운 건 분명하다.

밤의 잔상이 초인의 컨디션보다 우위인 것도 확실하고.

"하. 집."

아직 시간이 일렀다.

얼른 자취방을 나서 집으로 향했다.

다행히 동생과 어머니는 아침밥을 먹고 있었다.

"어, 준후야!"

"형. 학원 안 가고 무슨 일이야? 농땡이 쳐?"

"두 분에게 드릴 말씀이 있어서 왔어요."

일단 앉아서 나도 아침 식사에 합류했다.

어머니는 얼른 고봉밥과 쇠 수저를 가져다 주셨다. 따뜻한 온기가 느껴진다.

그러고 보니 14층에선 식사를 아예 못했구나.

순환점 충전이 지친 육신을 회복시켜주긴 해도, 포만감을 주진 않았다.

허기진 기분에 밥을 다섯 그릇이나 먹어치웠다.

"으음."

아쉽기는 하다.

1위만 제거했으면 하루 밤 만에 14층을 통째로 공략하는 셈이 됐는데.

"그래, 준후야. 할 말이 있다고?"

"네."

말을 꺼내려다 잠시 고민했다. 정말 가족들에게 갑질을 하는 게 맞는 걸까.

갑질 자체를 나쁘게 생각한다면 내 존재 자체를 혐오하는 게 된다. 나는 누가 뭐래도 갑질 능력자다. 나는 스스로를 괴물 취급하지 않기로 했다.

분명 지난 번 남궁철곤이 갑집을 통해 고장 난 사람을 개조한 걸 보았다.

괴팍한 기분임에는 분명했다.

하지만 전과 후만 보면 분명했다.

남을 해하는 인간이, 최소한 중성적인 자로 개조됐다는 것. 인공적이나마 뉘우쳤다는 것.

절대 일반적인 치료로는 불가할 일이었다.

기적에 가까운 일이었다.

"그게 말이죠."

게다가 내 의도는 그리 심한 정도도 아니었다.

그냥 좋은 집으로 이사시키고 싶은데, 마땅히 말이 되는 핑계거리가 없는 것이었다.

그렇다고 각성자라고 말해버릴 수도 없고.

의도가 중요한 것이라 생각한다.

그게 내 결론이었다.

"여긴 우리 집이 아니에요. 그렇게 기억하세요. 그리고 절 따라오세요."

[갑질 100포인트 소모.]

펜던트에서 갑질 포인트를 꺼내 썼다.

이미 필요한 가구나 물품은 다 새집에 주문해 놓았다.

헌 집의 개인 물품들은 대충 나중에 챙겨서 몰래 옮겨 놓아야지.

"택시에 타세요."

[갑질 4포인트 소모.]

동생과 어머니를 새집으로 옮겼다.

멍하니 앉아 있는 그들에게 말했다.

"이제부터 여기가 우리 가족 집이에요! 그동안 헌 집에서 살았던 기억을 여기에 덧씌우세요. 그리고 제가 방금 한 말들을 잊으세요. 우린 원래 집인 여기서, 화목하게 아침밥을 먹은 직후입니다."

두 명에게 내리는 복합 명령이라 상당한 양의 갑질 포인트를 소비했다.

물론 언제든 틈새의 정수를 흡수하면 되니 걱정은 없었다.

"음."

내 말에 잠시 어머니와 준수가 눈을 감았다 떴다.

"어."

잠시 멍하니 앉아있던 준수가 슥 일어났다.

"늦었다, 아이씨!"

준수는 얼른 책가방을 들고 뛰쳐나갔다.

"아이고, 내 정신 좀 봐. 출근 전에 집안일 해야지 이제. 근데 부엌이 왜 이리 낯설지? 걸레는 또 어디 있는 거야. 요새 내가 건망증이 왔나."

어머니도 다시 어색하게나마 적응하는 모습이었다.

실제로는 아예 처음 보는 집이니, 몇 주 동안은 분명 낯설고 기분이 이상할 것이다. 집안 구석구석을 돌아다녀야 필요한 물건을 찾을 테고.

"하!"

고급스런 거실 소파에 앉아 집을 쭉 둘러보았다.

부유함이 물씬 풍기는 깔끔한 집이었다.

나는 여유로울 때마다 들려서 쉬어야지.

"헤헤."

"왜 그러냐?"

"아니에요."

우왕좌왕하는 어머니를 보고 이상하게 죄책감보단 웃기다는 기분이 들었다. 나는 철저히 가족을 위해 갑질을 했단 생각 때문에, 맘이 무겁거나 하지 않았다.

되레 나만 진짜 사실을 안다는 점이 우스꽝스러웠다. 최여진 일과는 정 반대였다.

"음."

그러다 위험하다 싶어 웃음을 거두었다.

아무리 좋은 맘에 좋은 상황이어도, 갑질에 가벼운 맘을 가져선 안 될 거 같다.

"잠시 나갔다 올게요."

나가면서 거실 잘 보이는 곳에 현금 100만원을 놓았다.

이 정도면 당장 옛날 짐이 없어도 버틸 수 있겠지.

우웅.

주머니에 넣어둔 검은 스마트폰이 울렸다. 얼른 받아보니 걸걸한 남성의 목소리가 들렸다.

－안녕하세요, 이사님이 말씀하신 제 새로운 상사이신가요.

"그렇습니다."

－반갑습니다. 코드명으로 부를 땐 도베르만, 사석에선 편하게 진석철이라 부르시면 됩니다. 나인 저보다 어리다 들었습니다. 그래도 편히 대해주십시오.

"알겠습니다."

어리게 잡아도 진석철은 나이가 30대 후반이었다. 아무리 내가 서열이 높아도 말을 놓긴 싫었다.

내가 불편했으니까.

"헌데 무슨 일로 전화하셨습니까?"

─아! 제가 개인 브리핑을 해드릴 일도 있고, 이사님께서 찾으십니다. 주소 보내드릴게요.

"예. 볼 일이 끝나면 진화하죠."

─곧 뵙겠습니다.

남궁철곤의 말에 의하면 진석철은 서울의 잘 나가는 조폭이었다.

물론 각성한 내게 조폭이란 신분이 위협이 되진 않았다.

피부에 마나를 두르면 식칼로도 뚫지 못했으니.

단지 어두운 세계에서 일한다는 그 점이 호기심을 자극했다.

얼굴에 흉터가 나고 검은 양복을 두른 사내가 생각났다. 내가 그런 자를 머리 위에서 부려먹을 수 있단 말이지.

확실히 초능력을 뿜는 헌터와, 문신을 두른 검은 양복의 조폭은 물씬 다른 느낌을 풍겼다.

띠링.

문자가 와서 그 곳으로 택시를 타고 이동했다.

곧 면허와 자동차도 구해야겠네.

남궁철곤이 준다고 한 클래식 차는 너무 화려하고 비싸서 편히 타고 다니기 힘들 거 같았다.

"오, 준후 군. 무사히 밤을 보냈나 보군. 이상하게 뇌파가 강해졌네?"

남궁철곤을 고급스런 라운지 카페에서 만났다.

남궁철곤답게 거대한 카페 3층을 통으로 빌린 모습이었다.

"네. 전번에 인사드렸을 때는 양주를 몇 잔해서 컨디션이 안 좋았나 봅니다."

남궁철곤은 내 뇌파의 변화를 귀신 같이 알아차렸다.

뫼비우스 초끈의 숙련도가 올라가며 뇌파가 강해졌나 보다.

"아아. 그렇지. 뇌의 컨디션이 중요한 거니까. 그만큼 관리도 잘 받아야 하네. 내가 준 돈으로 알아서 관리도 잘 받고. 알았지?"

턱.

보아하니 남궁철곤은 남의 어깨에 손을 얹는 게 버릇이었다.

자신의 우위성을 암묵적으로 심어주기 위한 것인가. 아니면 내가 예민하게 생각하는 것이려나.

"네. 물론입니다. 덕분에 신나게 돈을 쓰고 있어요. 항상 감사한 마음입니다."

"그래. 쓰는 동안은 분명 엄청나게 신이 날 거야. 하지만 금과 여자에 둘러싸여서 한동안 살다보면 알게 될 거야. 허무하다는 걸."

"굳이 그럴 생각까진 없습니다."

"바로 그거야. 자네는 방황하지 말고 내 멘토링을 받으며 곧장 큰 뜻을 돕는 거네. 내가 기대가 크네."

"감사합니다."

"흠. 나는 지난밤이 많이 거칠었네. 마물 다섯을 직접 죽여야 했지."

남궁철곤은 이른 시간이었음에도, 양주를 한 잔 꽉 채워서 마셨다. 그도 밤이 고됐나 보다.

나는 오는 길에 산 고급 손목시계를 내려다보았다.

학원 첫 수업은 빼먹어야겠네.

"혹시 올림푸스에서 벌어진 일을 들었나?"

"네? 올림푸스요? 찰스가 또 사고를 친 겁니까?"

초인의 몸을 가진 덕분에, 웬만해선 완벽한 평정심을 유지할 수 있었다.

자연스레 거짓말도 잘하게 됐다.

내 뇌파를 읽고는 남궁철곤이 묵묵히 말을 이었다.

"헌터 놈들이 찰스를 죽여 버렸네. 은연중에 감시한다는 건 이미 파악했거든. 그런데 이런 과격한 움직임을 보인 건 거의 처음이네. 적어도 한국, 서울에선 말야."

"헌터들이 우릴 노린다니. 기분이 더럽네요. 힘만 센 짐승 놈들이 아닙니까."

일부러 나는 적대적인 기운을 뿜었다.

"그러게 말이네. 그래서 한국지부에서 결정을 내렸어. 전면전을 벌이진 않고, 우리도 마땅히 힘을 보여주기로."

"어떻게 되는 겁니까?"

"적절한 타겟을 골라서 갑질로 제거할 것이네. 저들은 징그럽게도, 찰스를 죽일 때 헌터만 사용할 수 있는 무기를 사용했어. 마나인가 하는 물질을 운용하지 못하면 결코 쓰지 못하는 물건이지."

"허! 메시지를 보낸 거군요."

"그래. 마피아나 벌이는 짓을 해놓은 거지. 그래놓고 사회 질서를 지킨다고 주장하다니. 우리도 사회 일원인데 말야. 그것도 상류 사회!"

남궁철곤은 찰스를 한심해하면서도 꽤 아꼈던 듯 했다.

저번과 달리 약간씩 흔들리는 모습이었다.

그래도 특유의 중후한 무게감은 결코 사라지지 않았다.

"곧 타겟을 일러주겠네. 도베르만을 도와서 거들 수 있으면 거들어."

"알겠습니다."

구마준에게 이 일을 말해줄지 말지 고민했다.

그러던 중 과일을 집어먹은 남궁철곤이 기습적으로 내게 물었다.

"찰스의 죽음에 관해 아는 거 없지?"

등골이 서늘해지는 기분이었다.

[하극상 발동! 갑질 무효화.]

[E+등급에 따라 하극상 확률은 22%입니다. 카운터 하극상 확률은 14%입니다.]

나는 남궁철곤이 알아차리지 못할 정도로 미세하게 떨었다.

그리곤 금세 여유로운 표정을 회복했다.

내 앞에 놓인 음료를 홀짝 마시며 말했다.

"아무 것도 모릅니다. 무슨 일이 있다기에 누굴 또 죽인 줄 알았어요."

"허! 차라리 그러면 뒷수습이라도 했을 텐데. 참 안 될 일이야."

남궁철곤 역시 완전히 날 믿는 게 아니었다.

뭔가 알아서 그런 건 아닐 테지만, 갑질로 내게 심문을 했다.

하극상이 아니었다면 꼼짝 없이 뭔가 안다고 말했을 것이다.

꼬리에 꼬리를 물다보면 모든 걸 폭로했겠지.

정말 십년감수했다. 역시 남궁철곤은 보통이 아니었다. 자신의 주변을 항상 철저히 까뒤집어본다.

심문을 저리 자연스레 시도하다니.

"흠. 알겠네. 불행한 소식을 말해주러 만나자고 한 거였어. 장례식 정보를 따로 보내도록 하겠네. 올림푸스는 완전히 자네가 맡아."

"제, 제가 말입니까?"

"그래. 나머지 반도 전부 자네 거야. 축하하네. 너무 찰스처럼 파티에만 빠지진 말아. 저번에 말한 과제에 집중

해야지."

"물론입니다."

"컨퍼런스가 있어서 가보겠네. 만나서 반가웠어."

"살펴 가십시오."

정중히 허리를 숙여 남궁철곤을 보냈다.

새로운 집을 구한 것도 모자라 완전히 내 소유인 사업장을 얻었다.

조폭인 진석철이 꽤나 좋아할 거 같은데.

일단은 학원에 가야겠다.

학원으로 급히 향해 2교시 수업을 들었다.

"흐흠."

"무슨 좋은 일 있어요?"

"아니에요."

언제든 0포인트 상태에 접어들 수 있으니 정말 편했다. 찰스를 제거한 게 무의미하진 않았다.

아까 남궁철곤이 물어올 때도, 찰스를 죽였다는 죄책감보단 들키지 않았단 안도감이 더 컸다.

나도 결국 찰스가 죽어 마땅하다고 생각했던 걸까.

"후."

간단히 수업을 끝내고 최여진에게로 향했다.

"으."

멀리서부터 느낄 수 있었다.

그녀가 짜증난 상태라는 걸.

게다가 날 보는 눈빛을 보고 미리 알 수 있었다. 내가 수업을 빠진 것 때문에 화난 것이었다.

"여진아. 안녕."

"어. 어디 아프거나 그런 거야?"

최여진은 차라리 말이 되는 이유를 대라는 것이었다. 불과 얼마 전에 열심히 하기로 약속했었지.

그 모습을 보고 팍 짜증이 났다.

매일 살얼음판을 걷는데, 수업 가고 말고가 중요한가. 게다가 맘만 먹으면 남들의 수백, 수천 배를 습득할 수 있다.

내겐 열심히 할 이유가 없다.

"여진아."

처음이 어려운 법이다.

또 그녀가 토라지고 실망하는 걸 보기 싫다.

이건 그녀가 이해해줬으면 하는 문제다.

그냥 사소한 문제잖아.

그렇게 정당화했다.

"내가 오늘 첫 수업 참석했다고 기억을 대체해. 그리고 넌 방금 날 반갑게 만난 거야. 내가 지금 한 말은 잊어."

환히 웃는 최여진의 손을 잡았다.

남궁철곤과 찰스 리의 얼굴이 눈앞에 스쳐지나갔다.

여유가 있을 땐 세심하게 하나하나 고민할 수 있었다.

게다가 처음이라 낯설고 어려웠었다.

하지만 지난 번 최여진에게 갑질을 한 것으로 계속 맘고생을 하자, 어느 정도 무뎌졌다.

노블립스에 도베르만, 구마준까지. 이제 낮도 밤만큼이나 정신이 없다. 여유도 없다.

그에 더해 점차 생각이 확고해지고 있다.

의도가 중요한 것이다.

그렇게 생각하지 않으면, 언제 갑질 능력을 쓰고 쓰지 않을지가 불분명해질 거 같았다.

던전에서 겪어봤지만, 코드를 세워봤자 나는 상황에 따라 코드를 깨트릴 거 같았다.

내겐 형식을 따르는 것보다 상황의 해결이 중요했으니.

"흠."

최여진과 식사를 하며 그녀의 표정에서 미묘한 우울함을 읽어냈다.

아직도 나 때문에 그런가.

그렇다면 구석구석까지 청소하는 기분으로, 이번에도 완전히 해결하겠다.

저번 일이 토할 정도로 힘들긴 했지만, 결국 오늘 날까지 그녀와 잘 만나고 있지 않은가.

내 의도는 사이좋게 그녀와 만나는 것이었다.

그 뿐이었다.

진짜로 그녀를 인형 취급하거나, 가지고 놀려는 게 결코 아니다. 젊을 적의 남궁철곤과는 다르다.

"여진아, 무슨 일 있는 거야?"

"응? 아니야."

"말해주면 좋을 거 같아. 우리끼리는 이제 편하게 말해도 되잖아. 고민을 말해 줘."

남궁철곤이 그랬던 것처럼 최대한 자연스럽게 심문을 했다.

이러면 상대방이 순순히 말해도 상황 상 자연스러울 테였다.

"아. 같은 반에 나를 시기하는 여자 애들이 셋 있거든. 성적도 나보다 낮고, 열등감도 엄청나고. 근데 맨날 내 얘기를 뒤에서 하고 다녀."

"무슨 얘기?"

최여진은 방금 자신이 한 말에 스스로 놀란 듯 했다.

내게 말해줄 의향이 없었는데, 어느새 술술 상황을 설명하고 있는 것이었다.

그래도 본인 의지로 그러고 있다고 생각하겠지.

"그냥 헐뜯으려고 하는 얘기 있잖아. 내가 남자들에게 어장을 친다느니, 재수학원 물을 흐린다느니. 더 심한 것도 많아. 더러운 거짓말들."

"이름이 뭔데?"

"아, 그것까진 말하기 싫어. 그냥 무시하면 되니까 걱정 말아."

최여진은 굳이 내가 그런 애들까지 신경 쓰는 게 싫었나 보다.

그러고 보니 지난 번 최여진을 만나러 갈 때, 뒤에서 째려보던 여자 한 무리가 있었다.

그 애들인가 보네.

자존심이나 여러 요소 때문에 내겐 말하지 않은 듯 했다.

"여진아. 나는 네가 걱정 되서 그래. 내가 뭘 하려는 건 아니고, 그냥 알고 있으면 필요할 때 널 도울 수 있잖아. 그니까 말해줘."

이 정도면 기술이었다.

갑질을 자연스러운 설득어투에 녹여내는 것 말이다. 그만큼 갑질 능력은 응용성이 뛰어났다. 말에 의지를 담으면 끝이었다.

이번에도 최여진은 영락없이 내가 원하는 정보를 털어놓았다.

"으응, 걔네들 이름이 말야…."

나는 순발력 있게 스마트폰 메모장에 최여진을 험담하는 여자 셋의 이름을 적었다.

"말해줘서 고마워, 여진아. 우린 같은 편이잖아. 그러니까 서로 터놓고 말하면서, 무엇이든 편하게 나누자!"

"으, 응. 준후야."

최여진은 심히 당황스러운 듯 했다.

분명 나는 부드럽게 설득하는 어투로 말했다.

결과적으로 최여진은 모든 걸 털어놓았고.

최여진은 어쩔 수 없이, 본인이 원해서 그랬다고 생각할 수밖에 없었다.

각성자가 존재하는지는 알아도, 세뇌 능력자가 존재하는지는 모를 테니까.

"음. 근데 여진아."

식사를 마치고 카페로 이동했다.

솔직히 이번에도 맘이 후련하지만은 않다.

최여진이나 가족들에게 갑질을 하며 그것에 떳떳할 자신은 없다.

그래도 조금씩 불편함에 익숙해질 생각이다.

내 좋은 의도를 위해 쓸 수 있는 능력을, 단순히 강력하고 위험하다고 하여 숨기지만은 않을 것이다.

"혹시 헌터나 레이드에 관심 많아? 나는 가끔 스트레스 받을 때 보거든."

일단은 수다를 떠는 것처럼 최대한 자연스레 접근했다.

"응, 그렇구나. 나는 그냥 클래식 음악이나 가요 들어. 레이드 영상은 너무 잔인하잖아. 아무리 괴수들이라도 살아있는 생물인데."

"근데 틈새를 공략하지 않으면 나중에 틈새가 열려서 괴수들이 튀어나온대. 초기에는 그래서 사람들이 많이 다쳤다는데. 괴수는 살인을 꺼려하지 않는 괴물이잖아."

"맞아. 그래서 그 분들에게 감사하는 마음은 있어. 군인 같은 분들이잖아. 더 위험한 편에 속하겠지. 근데 어쩔 수 없이 좀 무서운 거 같아."

"왜?"

"레이드 동영상 보면, 사람 같이 안 느껴져."

저번과 마찬가지였다.

최여진은 헌터에 대한 상당한 두려움을 가지고 있었다.

심하게 말하면 혐오감 정도로 느껴졌다.

대체 왜.

그녀도 현재 사회에서 헌터의 중요한 역할을 안다. 그렇다면 왜 그들을 폭력적인 짐승 취급하는 것일까.

평소의 난 이렇게도 멀쩡한데.

게다가 하는 말을 들어보면 논리정연하지도 않았다. 핵심은 그냥 무섭다는 것이었다.

"여진아. 근데 헌터에 대해서 다른 사정이라도 있는 거야? 단순히 그들이 피 튀기는 틈새에서 싸워서 그런 건 아닌 거 같아서. 그렇게 따지면 도축장에서 일하는 분들도 같은 맥락이잖아."

"하하. 우리가 먹는 음식을 위해서 그러시는 거잖아, 도축업자들은. 게다가 그냥 재료 손질하는 거랑, 미쳐서 괴수들을 죽여 대는 건 다르지."

최여진은 분명 헌터에게만 편견을 가지고 있었다.

일단 우회하여 자극해보기로 했다.

"그럼 내가 헌터면 어떨 거 같아?"

"꺄하하! 너 공부하기 싫어서 그렇구나? 왜, 각성이라고 하고 싶어? 곧 수능이라 심란한가 보네."

최여진이 장난스럽게 내 말을 받았다.

나는 여전히 진지한 표정으로 물었다.

"에이, 그러지 말고. 어떨 거 같아."

"음. 좀 낯설 거 같은데!"

"하하. 아니어서 다행이네."

홀짝 커피를 마셨다.

더더욱 궁금해졌다.

더 알아야 배려라도 해주지.

그래야 내가 각성자란 걸 숨기는 게 더 맘이 편할 거 같다.

"왜 헌터들을 무서워하는 거야?"

끝내 이번에도 갑질을 했다.

묵묵히 기다리면 최여진이 언젠간 말을 해줄 수도 있었다. A반의 험담하는 여자 애들이나, 헌터에 대한 사정이나.

하지만 기다리기가 싫었다.

그녀의 자존심이 센 탓에 너무 오래 걸릴 거 같았다.

그래서 그냥 앞당겨 듣기로 했다. 더 배려해주고 싶었다.

서열이 아래였다. 나는 E급 헌터에다 재산이 많았으니까.

"입 다물고 조용히 따라 와."

셋을 사람이 없는 학원 뒤로 불러냈다.

세 여학생은 눈만 깜빡거리고 있는 상태였다.

표정에 뭔가 씁쓸한 기색이 깃들어 있었다. 열등감에 쩔어서 험담이나 하고 다니는 애들다웠다.

"후."

이제 여자친구가 된 여진이를 생각하니 열불이 올랐다.

안 그래도 속 시끄러운 애를 왜 건드리지.

그토록 진중한 애가 어장이라니.

이 무슨 얼토당토않은 개소리인가.

"너희 셋. 앞으로 최여진에 대해 일체 언급하지 말도록. 좋은 얘기가 아니면 아예 입 밖으로 꺼내지마. 최여진에 대해 나쁜 얘기를 하고 싶으면 구토를 하도록."

내 말에 세 여학생이 잠시 눈을 감았다 떴다.

그리곤 서서히 불안한 눈빛을 보였다.

도저히 말을 하거나 움직일 수가 없는 것이다.

그들의 말 따위는 들어줄 생각이 없다.

"방금 나랑 있던 일은 모두 잊는다. 지금 반으로 돌아가."

내 말에 세 여학생이 저벅저벅 학원으로 걸어들어 갔다.

간단히 상황을 해결해버렸다. 그야말로 갑질 덕이 아닐 수 없었다.

"으하하하!"

여자친구가 생겼다는 것에 웃었다. 게다가 그 여자친구는 예쁘고 진중하며 똑똑하기까지한 최여진이었다!

단순히 그것 때문에 기쁜 게 아니었다.

몸소 확인했다.

내가 맞았다.

의도가 좋으면, 상황도 좋게 끝이 난다. 최여진을 배려해주고 위해주는 맘에 자연스레 그녀를 심문했다.

그 결과 그녀의 고민 중 하나를 해결해줄 수 있었다.

갑질 없이는 성가셨을 여자 셋도 간단히 처리해버렸다. 그들도 다치지 않았고, 내 목적도 이루었다.

앞으로 못된 맘을 품으면 헛구역질이 올라올 테지. 그 정도 벌은 충분히 받을 만하다.

"후."

폴더폰으로 구마준이 연락을 했다.

이번엔 E급 틈새에 도전해야겠네.

화풀이용이 아니라 즐거운 맘을 음미하기 위해!

❖

구마준에게 향하며 고민했다.

노블립스가 보복을 계획 중이란 걸 누설할까.

애초에 그게 잠입요원의 역할이었다.

하지만 반드시 내가 그 역할을 받들 필요는 없었다.

분명 구마준과 노블립스를 견제하는 헌터들은 동류였다.

"흠."

한껏 고민하고 있는데 뫼비우스 초끈이 다시 꿈틀거렸다.

[퀘스트: 구마준 세력과 노블립스의 갈등을 조장하라. 보상: 갑질 포인트 1만.]

그리 어렵지 않은 퀘스트였음에도 보상이 나쁘지 않았다.

뫼비우스 초끈이 강렬하게 의도하는 방향이라 이거군.

사실 내가 노블립스의 계획을 말하던 말하지 않던, 두 세력은 갈등에 빠질 게 분명했다.

말하면 구마준 세력은 강경책을 써서라도 노블립스를 막을 것이다. 노블립스도 가만히 있지 않을 거고.

말하지 않으면 구마준 쪽 헌터가 죽임을 당해 본격적으로 갈등이 시작될 터다.

"후우."

결국 갈등을 막는 방법은, 내가 찰스를 죽인 범인이라고 말하는 것이었다. 뫼비우스 초끈을 거스를뿐더러, 상당한 손해를 보는 선택이었다.

노블립스의 원수가 되는 건 물론, 구마준에게도 배척받을 수가 있었다.

"음."

한 마디로, 앉아서 1만 포인트를 받으라 이건가.

단지 방향을 인지하라는 거 같았다.

그럼 노블립스의 계획을 일단 말하지 않아야겠다.

"준후 군."

"대장님, 안녕하십니까."

"그래, 이번엔 E급에 도전하겠다 이거지?"

"그렇습니다."

"참. 여러모로 믿기지 않는 친구야. 맘 같아선 매 주 피 샘플을 받아서 검사해보고 싶은데, 대가 없인 안 되겠지."

"잠시 실례."

김창준이 다가와 이질적인 기운을 내게 뿌렸다.

다시금 가디언즈에 대해 확실히 기억하게 됐다.

나중에 필요해지면, 기억이 지워지는 걸 방지할 방법을 간구해봐야겠다.

현재로선 잊는 게 더 안전했지만, 다른 면에선 가디언즈 와 노블립스 둘 다를 인지한 상태라야 상황 판단을 하기가 유리했다.

"후."

"매 번 고생이 많네. 오늘도 뭔가 말해줘야 돼서 이렇게 기억을 깨웠어."

"뭔가요? 안 그래도 저쪽에서 이상한 움직임이 보이던 데."

아예 모르는 척을 하다간 되레 내가 의심을 받을 수도 있었다.

"들은 게 있나?"

"찰스가 살해당했습니다. 그것도 헌터 전용 무기를 통해."

"그래. 헌터의 소행이 분명할 거야. 마나 운용 없이는 푸른 화상을 입힐 수 없으니까. 조작한 거라면 금세 티가 났겠지. 세뇌 능력자들도 그리 멍청하진 않으니. 우리도 많이 놀랐어."

"저쪽에서 가디언즈를 알아챈 겁니까?"

"우리도 보안에 철저하거든. 그래도 어느 정도 외부 표피 정도는 노출될 수밖에 없어. 다행히 나까진 뻗지 않은 거 같아."

"다행이군요."

가디언즈의 대응은 어떨지 궁금했다.

어찌됐건 갈등이 깊어지는 방향으로 가는 거 같았다.

"둘 중 하나야. 우리 쪽에 극단주의자 지파가 있거나, 저쪽에서 우리에게 누명을 씌우기 위해 따로 움직인 자가 있는 거지."

"음. 어렵군요. 조작된 걸 수도 있다는 거네요."

묵묵히 고개를 끄덕였다.

그 조작을 벌인 자가 바로 나였다.

사실 원래 의도는, 이런 상황을 만들려고 그런 게 아니었다.

그저 갑질 백업 권능이 필요했다.

과연 매우 유용했다.

"아무튼 자네도 조심하게. 하이브리드 초인이란 걸 들키면 가장 먼저 의심 받을 테니까. 자네는 아는 거 없지?"

구마준이 혹시나 싶어 물었다.

이럴 땐 헌터를 상대하는 게 편하네.

무표정하게 대답했다.

"물론입니다. 찰스가 죽은 것만 전해들었어요."

"그래. 아무래도 계급이 낮으니 어쩔 수 없겠지."

가디언즈는 내가 장로후보라는 걸 모르고 있었다.

"마나를 운용할 수 있게 됐으니 곧 여러 작전을 부탁하게 될 것이네. 기존의 도청이나 감시보다는 훨씬 안전할 거야."

"알겠습니다."

구마준이 직접적으로 내리는 작전을 거부할 순 없었다. 내가 따로 얻은 정보를 공개하지 않을 순 있어도.

아티펙트를 달고 세뇌 능력자들 사이로 들어가란 말이겠지.

정보 기록이나 신원 파악을 위해서.

가디언즈도 뇌파로 세뇌 능력자를 잡아낼 수 있을 거다. 뭔가 뇌파에 독특한 파형이 있을 테니.

애초에 나도 그런 식으로 추적했을 거다. CCTV 감시에 더해서 말이지.

"그럼 E급 틈새를 위한 장비를 주겠네. 이번에도 혼자 가도 괜찮겠어?"

"힘들 것 같았으면 미리 말씀 드렸죠."

"그래. 자네니까 믿겠네. E급 틈새에선 스파구들이 많이 나와. 거대거미 같은 놈들이고, 군집체를 이루며 서식하지."

스파구라는 괴수에 대해 인터넷에서 본 적이 있다. 가장 작은 거미가 불도그만 하다고 했다.

"자, 이 포션을 몸에 발라두면 많이 편할 거야. 웬만한 스파구 독은 다 막아줘. 그래도 최선은 독에 맞지 않는 거야. 특히 우두머리 괴수 것은 조심해야 돼."

"거미줄이 웬만한 철사보다 강하지만, 자네 정도라면 문제없을 거네. 스파구들이 몰리지 않게 조심하게. 관련 레이드 영상도 보고 들어가고."

이미 따로 시청해 대략의 감을 잡아놓은 상태였다. 물론 내가 본 영상은 7인 팀 레이드였고, 나는 홀로 틈새에 들어갈 거다.

"알겠습니다. 그럼 다녀오지요."

스릉.

구마준이 건네준 배틀엑스를 치켜들었다.

B급 틈새에서 나오는 아이언골렘의 금속으로 만든 무기라고 한다.

초합금 도끼와는 비교도 안될 만큼 단단하겠지.

추가로 현대식 경량 아머를 장착했다.

"후우우우."

김창준이 가디언즈에 관한 기억들을 재워주었다.

이번엔 순순히 상황을 받아들였다. 아직 하극상이 E+급 수준이었으니.

"후!"

0포인트 상태에 접어든 다음 틈새에 들어섰다.

스르르릉.

틈새는 거대한 지하 동굴 형태를 띠고 있었다. 곳곳에 박힌 광석들이 초록색 빛을 뿜어내고 있었다.

덕분에 따로 조명을 킬 필욘 없었다.

[퀘스트 완료. 갑질 1만 포인트를 지급합니다.]

내가 찰스를 죽인 범인이라고 말하지 않은 것만으로도, 충분히 갈등을 조장한 거 같다.

"샤아아!"

"샤아!"

들어서자마자 불도그만 한 거미들이 보였다. 단순히 큰 게 아니라 악마처럼 징그러운 눈을 몸통에 수십 개씩 달고 있었다.

시력 뿐 아니라 회피 반응도 장난이 아닐 거 같다.

서걱!

번개처럼 날아가 스파구 하나를 갈랐다.

분명 스파구는 탄력 있게 다리를 튕기며 내 공격을 피하려

했다. 하지만 속도 자체에서 내게 뒤쳐졌다.

"샤아아!"

척! 척!

스파구 다섯 마리가 모여들어 내 몸에 거미줄을 뿜었다.

나는 배틀엑스를 한 바퀴 돌려 철사 같은 거미줄들을 쳐냈다.

몸이 거미줄에 얽히면 상당히 귀찮아지겠네.

"모두 정지!"

"샤아아아!"

아쉽게도 아직 스파구들보다 서열이 위가 아니었다.

그저 0포인트 상태라 전투에서 압도하는 것이었다.

"쓰으!"

스르르.

배틀엑스에 마나를 불어넣어보았다. 틈새 무기답게 배틀엑스는 마나에 반응하여 푸르게 빛났다.

"샤아아아!"

스파구 다섯이 한꺼번에 뛰어올라 날 물어뜯으려 했다.

난 마나를 띠운 배틀엑스를 재빨리 좌우로 휘둘렀다. 허공에 뜬 스파구들이 투둑 바닥에 떨어졌다.

화르륵!

그리곤 푸른 화염에 휩싸여 불타올랐다.

"하아!"

STAT.[Lv.140 / 힘: 140 / 민첩성: 140 / 지구력: 140 / 지능: 105 / 마력: 155 / 내성: 140]

스파구들의 시체에서 진득한 기운이 흘러들어왔다.

코볼트의 것과는 비교도 되지 않는 질과 양이었다.

스마트와치 확인 결과 금세 수준이 올랐다.

"샤아아아!"

"샤아!"

동료의 울음소리를 듣고 더 많은 스파구들이 몰려들었다.

이번엔 총 20마리였다. 바닥에서 기어오는 것 뿐 아니라 천장과 벽 등 온 사방에서 달려들었다.

범인이라면 미쳐버릴 정도의 징그러움이었다. 천장에서 스파구들의 침이 뚝뚝 떨어졌다.

"샤아아!"

"정지하라!"

내 명령에 괴수들이 제자리에 멈춰 섰다. 그리곤 나를 수십 개의 눈알로 노려보았다. 그저 노려보는 게 그것들이 할 수 있는 전부였다.

서걱! 서걱!

나는 돌아다니며 편하게 스파구들을 베어 넘겼다.

이 속도면 며칠 내로 D급 헌터에 진입할 수 있을 거 같다.

"섀아악!"

마지막 스파구를 베어 넘겼다. 생각한 대로 E급 틈새라고 하여 버겁진 않았다.

넘쳐흐르는 힘과 번개처럼 선명한 신경감각들.

거대 거미라고 하여 두렵지가 않았다.

물론 이제 틈새의 초반일 뿐이긴 하지.

탓!

빠르게 뛰어나가 다음 구간으로 이동했다.

온통 알이 가득한 더 넓은 지하 공간이었다.

퍼석!

"새악!"

한동안 기다려도 반응이 없자 알을 터뜨리기 시작했다. 그제야 암전하던 동굴 곳곳에서 반응이 왔다.

막혀 있는 줄 알았는데, 거미줄로 가려놓은 것이었다. 동굴 온 사방에서 스파구들이 튀어나왔다.

이번엔 초록색 독주머니를 찬 스팅어 스파구도 등장했다. 단순히 거미줄을 쏘는 게 아니라 독침을 쏜다.

그 속도가 결코 느리지 않을 것이다.

콸콸콸!

김창준이 건넨 포션을 온 몸에 끼얹었다.

한 대도 맞지 않는 게 목적이지만, 만전을 기해서 나쁠 건 없었다.

"샤아아아!"

"샤라아아!"

스파구들이 한꺼번에 덤벼들었다.

일반 스파구가 40마리 정도, 스팅어 스파구가 10마리 정도였다. 잘못하면 빈틈을 허용할 수도 있겠다. 속도가 매우 빨랐으니.

"스파구들은 동료를 공격해라!"

"샤아아!"

내 명령에 일제히 일반 스파구들이 서로 물어뜯기 시작했다. 그러면서 마구 거미줄을 쏴 난잡한 상황을 만들었다.

"쓰!"

틱! 틱!

그 중에도 스팅어 스파구는 내 갑질에 따르지 않았다. 아직 틈새 내 서열이 나보다 높은 것이다.

"후!"

얇게 빛나며 날아오는 독침을 전부 피해냈다.

쿠득!

그러면서 동굴 벽에서 돌덩이를 뜯어냈다.

"쓰!"

다시 독침을 피한 다음 돌을 연속적으로 던졌다.

퍼걱! 퍽!

그 결과 스팅어 스파구들의 독주머니가 터졌다. 나는 급히 달려가 스팅어 스파구들의 머리에 배틀엑스를 찍어 내렸다.

"섀에에엑!"

한꺼번에 전부 사냥하진 못했다.

대신 독침을 피하고 돌을 던지는 걸 반복해, 총 3차례 만에 스팅어 스파구들을 전부 처리했다.

독침이 얇아서, 0포인트 상태인데도 상당히 집중하여 회피해야했다. 눈으로 보기보단 감각으로 미리 예상해서 피했다.

보통은 탱커가 방패로 막아낼 테지.

"후우!"

"샤아아아!"

아직도 서로 싸우고 있는 일반 스파구들을 차례차례 정리했다.

그 결과 10분 정도 후, 튀어나온 괴수들을 완전히 전멸시킬 수 있었다.

STAT.[Lv.155 / 힘: 155 / 민첩성: 155 / 지구력: 155 / 지능: 115 / 마력: 160 / 내성: 155]

수십 마리의 이질적인 기운을 흡수하자 다시금 성장했다.

배틀엑스에 감도는 마나가 더더욱 강렬해진 기분이다.

"쓰!"

한 번 힘을 주어 마나를 한꺼번에 배틀엑스에 밀어 넣었다.

즈우웅.

그에 따라 이번엔 배틀엑스의 윤곽선에 얇게 푸른 선이 맴돌았다.

치지직.

돌 벽에 가져다 대보자, 돌 벽이 얇게 증발하는 게 보였다.

이젠 단순히 힘으로 쇳덩이 날을 밀어내는 게 아니다. 그 날 자체가 파괴력을 지니게 됐다.

"샤아아아!"

다음 구간으로 이동해, 6갈래 길 중앙에 있는 알들을 마구 터뜨렸다.

본래는 스파구 틈새에서 금기 시 되는 행동이었다. 한꺼번에 괴수들이 몰려들어 십중팔구 위험에 빠질 테니.

내겐 해당 없는 사안이었다.

"샤에에에에!"

6갈래에서 꾸역꾸역 스파구들이 밀려 나왔다.

일반 스파구가 최소 100마리.

스팅어 스파구도 60마리 정도였다.

"케헤에에에!"

그에 더해 아머드 스파구까지 나타났다.

갑각을 두른 거대 거미로서, 나보다도 덩치 자체는 거대했다. SUV 차량보다 조금 더 큰 정도였다.

스릉.

배틀엑스를 치켜들었다.

아직 갑질 포인트는 충분하다.

괜히 갑질 포인트를 아끼려다 위기에 빠지고 싶지 않았다.

그렇다고 일반 스파구 100마리 전부에게 갑질을 할 필요도 없었다. 그건 분명 포인트 낭비였다.

"벽 쪽에 있지 않은 스파구들만, 아머드 스파구에게 거미줄을 쏴라! 최대한 다리 쪽을 겨냥해 움직임을 묶어!"

"샤아아아!"

척! 척척!

갑질의 편리함 중 하나는 의지가 말에 담겨 전달된다는 것이었다.

그래서 언어의 통역이 필요 없을 뿐 아니라, 대상은 내가 의도한 바를 고스란히 전달 받았다. 현실적으로 실현 가능하다면 무조건 실현하려 했다.

그래서 포인트를 많이 투자하면 정신계 명령도 가능한 것이다. 자기최면에 가까운 행동이었으니.

기기긱!

아머드 스파구들은 힘이 엄청났다.

수십 마리가 거미줄로 몸을 묶었음에도 천천히 철사 같은 거미줄들을 끊어내고 있었다.

서거걱!

마나가 둘러진 배틀엑스를 힘차게 휘저었다.

실선으로 마나가 둘러진 덕분인지 막힘이 없었다.

일반 스파구들은 그대로 절반으로 갈라져 죽었고, 스팅어 스파구들도 맥을 추리지 못했다.

틱!

"익!"

워낙 숫자가 많아 빈틈을 허용해버렸다.

단순하게 움직이지 않고, 일부러 독침을 피하기 위해 벽을 차고 다니며 복잡하게 괴수들을 공격했다.

그럼에도 난사하듯이 발사되는 독침에 맞고 말았다. 그냥 마구잡이로 쏘아대니 예측불허였다. 독침이 얼마나 독한지 현대식 아머를 뚫을 정도였다.

포션을 바른 덕에 독에 중독되진 않았다.

그저 따끔할 뿐이었다.

"후!"

서걱!

일반 스파구들을 발판 삼아 스팅어 스파구에게 향했다. 그리곤 냅다 배틀엑스를 내리찍었다. 혼잡한 중에서 꽤 많은 스팅어 스파구가 죽은 거 같다.

척! 척!

"어딜!"

발목에 거미줄이 감기자마자 배틀엑스로 끊어냈다.

그리곤 높게 뛰어올라 아머드 스파구 중 하나에게 착지했다. 자동차만 거미답게 바위 같은 무게감을 지니고 있었다.

콰각!

배틀엑스를 내리찍자 놈의 갑각이 열렸다.

거미줄 때문에 꼼짝 못하고 있는 모습.

콰직!

배틀엑스를 쑤셔 넣어 좌우로 비틀었다.

푸지지직!

누런 액체가 비산했다.

"케헤에에엑!"

그 결과 아머드 스파구는 꼼짝없이 쓰러져 죽었다.

"케하아아!"

아머드 스파구 하나가 풀려나 내게 돌진했다.

그리곤 냅다 앞 다리 네 개를 들어 찍어 내렸다.

콰직!

그런 둔한 공격에 당할 내가 아니었다.

대신 애꿎은 일반 스파구들만 피 떡이 됐다.

"케하아아아!"

하나둘 아머드 스파구들이 풀려나기 시작했다.

일반 스파구가 급격히 죽어나간 탓에 아머드 스파구를 붙들 거미줄이 약해졌다.

"케하아아!"

"케헤에에에!"

아머드 스파구 다섯이 한꺼번에 내게 뛰어왔다.

나는 제자리에 서서 허벅지에 잔뜩 힘을 주었다.

콰가가각!

한순간 높게 뛰어올라 천장에 배틀엑스를 박았다. 그리곤 천장에 매달린 채 몇 초를 버텼다.

콰광! 쾅!

"케하학!"

뒤늦게 도달한 아머드 스파구들까지 전부 내 발 아래로 부딪쳤다.

얼마나 세차게 부딪쳤는지 감각이 다 벌어질 정도였다. 천장에 매달려 아머드 스파구들의 부딪치는 시간 오차를 버텨냈다. 바로 천장에서 떨어졌으면 분명 뒤늦게 도달한 아머드 스파구와 부딪쳤을 것이다.

"쓰!"

아머드 스파구들은 서로 뒤엉킨 다리를 거두느라 정신이 없었다. 갑각이 울퉁불퉁한 터라 한 번 엉킨 굵직한 다리는 쉽게 거두어지지 않았다.

힘껏 뛰어내린 난 그대로 배틀엑스를 아머디 스파구 중 하나에게 찍어 내렸다.

"케헤헤헥!"

놈이 고통스러워하며 몸을 비틀었다. 갑각이 쩌걱 하며 양 옆으로 벌어졌다.

턱!

나는 놈이 치켜드는 앞 다리 하나를 붙들었다.

힘에서는 내가 앞서는 거 같다. 적어도 내 두 손 대 놈의 다리 하나로 따지자면 말이다.

둔한 놈들끼리 한 데 뭉쳐있으니 공략하기가 편해졌다.

콰직!

"케학!"

뾰족한 갑각 앞다리를 다른 아머드 스파구의 머리에 쳐박았다.

갑각의 날카로운 부분이 다른 아머드 스파구의 갑각을 쑥 파고 들어갔다.

"케하하학!"

아머드 스파구들이 뒤엉켜 혼란스러워하는 사이, 나는 효율적으로 하나하나 놈들을 죽여 나갔다.

설사 아머드 스파구들이 발악을 한다해도, 서로 엉킨 상태에서 큰 동작을 펼쳐봤자 내겐 큰 위협이 되지 않았다.

콰직!

마지막 놈은 다른 시체의 갑각 앞다리를 이용해 죽였다. 배틀엑스보다 시원하고 단순한 방법이었다.

쿠궁.

한데 뭉친 아머드 스파구 다섯이 전부 목숨을 잃어 땅에 주저앉았다.

투두두둑.

몸에 꽂힌 수십 발의 독침을 배틀엑스로 쓸어내렸다.

스으으.

"으아아아!"

기운이 스며들며 레벨 업을 했다.

그러면서 몸에 과하게 축적됐던 독이 단 번에 증발했다.

"엔간히 갈기라고!"

턱!

힘차게 뛰어내려서 재빨리 스팅어 스파구들을 처리했다. 아머드 스파구의 장갑을 손으로 뜯어내 표창처럼 던졌다.

"새액!"

남은 일반 스파구들은 직접 처리하기가 귀찮아졌다.

"서로 물어뜯어 죽이도록!"

스파구들이 서로를 공격하는 동안 잠시 숨을 돌렸다.

콰직!

죽은 아머드 스파구의 갑각을 배틀엑스로 잘라냈다. 그리곤 내부 근육을 엮어 매듭을 지었다.

손을 집어넣으면 손잡이 역할을 하는 구조였다.

척.

즉석에서 장갑 방패 하나를 완성했다.

"하아. 빡세네."

구마준은 내가 특성을 숨기고 있다고 생각했나 보다. 굳이 따지자면 갑질 능력을 품고 있긴 했다.

하지만 그 뿐이었다.

레이드에 있어서 난 철저히 무투 초인이었다.

장비가 중요하다는 것이다.

근데 방패도 없이 배틀엑스만 쥐어주다니.

"흠."

하기야. 알을 터뜨려 어려운 싸움을 택한 건 나다. 조금씩 공략해 나갔으면 사실 배틀엑스로도 충분했을 테지.

"샤아악!"

마지막 스파구를 걷어차서 터뜨렸다.

동료들과 싸우느라 놈조차 만신창이였다.

턱!

장갑 방패를 치켜든 채로 여왕의 방으로 향했다. 광석이 유독 많은 음침한 공간이었다.

고약할 정도로 알들이 많은 공간이었다.

–사악한 인간이여! 어찌하여 나의 아이들을 해하는가!

내심 놀라고 말았다.

우두머리 괴수인 여왕 거미는 말을 했다. 레이드 영상에선 보지 못한 모습이었다.

여왕 거미의 하반신은 트럭만 한 거미였고 상반신은 나체의 여인이었다. 물론 얼굴은 인간보단 악마에 가까웠다.

몸매는 기분이 이상할 정도로 좋네.

–끼야아아악! 죽여 버리겠다! 네 시체를 양분삼아 새로운 아이들을 잉태하리라!

여왕 거미는 포효를 내지르며 몸통에서 검은 거미줄을 뽑았다.

기계처럼 빠르게 뽑어진 거미줄은 한 데 뭉쳐져 손잡이가 긴 장대 망치가 됐다.

-끼야아악!

여왕 거미가 쿵쾅거리며 뛰어와 장대 망치를 찍어 내렸다. 그러면서 동시에 하체의 거미 입으로 독거미줄을 뿜었다.

이번엔 검은색이 아닌 초록색 거미줄이었다.

치이이익!

찍혀 내리는 망치를 피해 뒤로 백덤블링을 했다. 허나 동선이 제한되는 바람에 독거미줄은 피하지 못했다.

현대식 아머의 어깨 쪽이 녹아내렸다.

스쳤을 뿐인데.

"후."

몸을 관통당하면 그대로 근육조직이 부식되겠구나. 독거미줄은 여느 스파구 거미줄처럼 철사의 강도를 가지고 있었다.

게다가 여왕 거미가 쏘는 것이니 제대로 맞으면 관통 당할 수가 있었다.

스르릉.

더더욱 배틀엑스에 마나를 불어넣었다.

-끼야아악! 더러운 침입자여! 네 놈은 고통스럽게, 천천히 녹여 먹을 것이니라!

여왕 거미가 제자리에서 광적으로 회전하기 시작했다. 그러면서 마구잡이로 온 사방에 독 거미줄을 뿜어댔다.

척! 처억!

물론 나는 마구잡이로 발사되는 독거미줄을 피했다. 장갑 방패를 이용해 피하기 까다로운 것들은 곧장 막았다.

"흡!"

허나 문제는 그게 아니었다. 피한 거미줄이 벽에 박혀 고정되는 것이었다.

그럴수록 내가 움직일 수 있는 공간이 줄어들었다.

스릉! 스릉!

마나가 둘러진 배틀엑스를 큰 동작으로 휘둘렀다.

그리하여 온 사방을 채우고 있는 독거미줄을 걷어냈다. 대신 장갑 방패가 온통 구멍이 뚫려 못쓸 정도가 됐다.

아머드 스파구의 장갑은 특히나 거미 독에 약했다. 아이러니하네.

턱.

망설임 없이 방패를 버렸다.

"후우! 끝이 없네!"

어느 정도 패턴에 익숙해지니, 여왕 거미가 독거미줄을 뿜어대는 속도보다 내가 독거미줄을 없애는 속도가 빨라졌다.

한 번 배틀엑스를 휘두를 때마다 다발 째로 거미줄을 끊었다.

-하! 하찮은 생물 주제에 제법 몸짓이 빠르구나. 그럼 직접 죽여주겠다!

여왕 거미가 장대 망치를 휘두르며 포효했다.

우우웅.

그러자 그녀의 나신에 붉은 문양이 떠올랐다.

뭔가 달라진 거 같다.

쾅!

여왕 거미는 매섭게 도약하더니 그대로 육중한 몸을 내 위로 찍어 내렸다.

나는 앞으로 구른 다음 뒤에서 배틀엑스를 휘둘렀다.

서걱!

-건방진!

여왕 거미는 놀라운 반응 속도로 뒷발을 이용해 내 배틀엑스를 막아냈다.

얼마나 감각이 날카롭고 빠른지, 뒤를 돌아보지도 않고 내 공격을 막았다.

허나 무기에 둘러진 마나 덕분에 배틀엑스는 여왕 거미의 다리 일부를 파먹었다.

-하! 이 정도론 어림없지.

치이이익.

여왕 거미는 다시 한 번 붉은 문양을 밝혔다.

그러자 파여 들어갔던 그녀의 뒷다리가 금세 회복됐다.

"후."

이래서 레이드를 팀으로 도는 건가.

혼자 상대하려니 결코 만만치 않다.

-성가시니 직접 온 몸을 찢어 주리라! 끼야아아악!

여왕 거미가 달려들어 마구잡이로 하체의 다리를 내리찍
었다.

캉!

그러면서 교묘하게 장대 망치를 찔러 내렸다. 투박한 다
리 공격 중에서 정확하고 치명적인 망치 공격이 섞여 들어
왔다.

물론 모두 배틀엑스로 쳐낼 수 있었다.

매 번 쳐낼 때마다 여왕 거미의 다리들이 조금씩 상해갔
다.

척!

"컥!"

하지만 독거미줄까지 뿜자 막을 재간이 없었다. 아무리
빨리 반응하더라도, 배틀엑스 하나로 동시에 두 곳을 방어
할 순 없었다.

여왕 거미는 난폭하게도 각각이 둘러진 다리와, 장대 망
치, 그리고 독거미줄 공격을 한꺼번에 퍼부었다.

-꺄하하하! 감히 내 새끼들을 해친 벌을 톡톡히 받을 것
이다!

끝내 나는 어깨가 뚫린 채 뒤로 물러설 수밖에 없었다.

"크후우우."

독이 퍼지는 걸 느끼고 얼른 마나를 어깨에 밀어 넣었다.
그러자 임시적으로 중독 현상이 완화되는 게 느껴졌다.

그래봤자 미봉책이었다.

오래 두면 이미 파괴되기 시작한 어깨 기능이 점점 무너질 것이다. 그러면 더더욱 여왕 거미를 상대하기 어려워지겠지.

방법은 하나뿐이었다.

빨리 여왕 거미를 죽이고 기운을 흡수해 레벨 업 효과를 보는 것.

-끼야아아악! 지옥을 보여주겠다!

승기를 잡았다고 생각했는지 여왕 거미가 새로운 전략을 선보였다.

여왕 거미는 검은 거미줄을 뿜어 여의왕 방 출입구를 막아버렸다.

-끼야아아! 깨어나라, 내 자녀들이여!

그리곤 페로몬을 뿌려 그녀의 방에 뿌려져 있는 알들을 깨웠다.

"섀애애액!"

"샤아아아!"

일순간 알에서 20마리의 일반 스파구와 2마리의 스팅어 스파구가 태어났다.

나는 씨익 미소를 지었다.

여왕 거미는 내가 갑질 능력자란 걸 모른다.

알아서 공략할 길을 터주는구나!

여왕 거미는 일제히 스파구들을 내게 보냈다.

괴수들이 덤비는 중에서 자신이 가담하면 필승할 거라 확신하는 것이었다.

허나 그건 철저한 오산이었다.

"여왕 거미를 물어뜯어라!"

"샤아아아!"

-꺄하하! 감히 내 새끼들에게 명령을….

여왕 거미가 가소롭다며 웃다가 뚝 웃음을 멈췄다. 그리곤 자신에게 기어오는 스파구들을 보며 뒷걸음질을 쳤다.

-나, 나의 자녀들이여. 이게 무슨 짓이에요?

여왕 거미는 당황하며 온 몸의 붉은 문양을 밝혔다. 그러면서 한껏 페로몬을 뿌렸다.

-어서 저 침입자를 물어뜯어 죽여!

다행히 갑질이 여왕 거미의 페로몬보다 강한 거 같다.

일반 스파구들은 더더욱 빠르게 여왕 거미에게 기어갔다.

-끼야아악! 이게 무슨 일이야!

오로지 스팅어 스파구 둘만 내게 열심히 독침을 쏘아 보내고 있었다.

퍼석, 퍽!

난 버려놓았던 장갑 방패의 일부를 뜯어냈다. 그리곤 표창처럼 조각을 던져 단번에 스팅어 스파구 둘을 죽였다.

-끼야아악! 침입자, 이 악마! 대체 내 자녀들에게 무슨 짓을 한 거야!

"후!"

스파구들이 여왕 거미에게 달려들기 시작했다.

일부 녀석들은 거미줄을 쏴 그녀의 다리를 묶기도 했다.

물론 실질적인 피해는 없었다.

여왕 거미가 심각한 쇼크 상태에 빠진 걸 제외하곤 말이다.

-까아아악!

고통스러워하는 여왕 거미에게 달려가 그녀의 다리에 배틀엑스를 휘둘렀다.

쩌걱!

힘껏 휘두른 덕분에 이번엔 그녀의 다리를 완전히 절단낼 수 있었다.

-너! 너는 반드시 죽이리라!

여왕 거미가 휘청거리며 내게 장대 망치를 휘둘렀다.

나는 스윽 피한 후 스파구를 던져 올렸다.

퍼석!

여왕 거미의 장대 망치에 스파구가 터져버렸다.

-까아아아악!

여왕 거미는 더더욱 패닉에 빠졌다.

이제는 날 공포로 물들어 바라볼 정도였다.

ㅡ대체 네 정체가 무엇이냐! 내 아이들에게 무슨 짓을 한 거야!

맘 한켠이 불편해질 정도였다. 그 정도로 스파구를 이용한 작전은 효과가 확실했다.

ㅡ죽일 것이다! 죽여버릴 거야!

쾅!

여왕 거미가 도약해 전과 같이 난폭한 공격을 퍼부었다. 다리를 휘두르며 장대 망치를 찔러 넣었다.

"샤아!"

또 독거미줄이 뿜어져 나오기 전에 다시 스파구를 그녀의 몸통에 던져 올렸다.

ㅡ이런!

여왕 거미가 당황하며 몸을 움찔했다.

나는 기울어진 그녀의 다리 관절을 쾅 밟았다.

그리곤 높게 도약해 단번에 그녀의 상체에 도달했다.

ㅡ이, 이럴 순 없다!

서걱!

여왕 거미의 목을 배틀엑스로 참수했다.

전이라면 빈틈이 없어서, 감히 상체로 올라 타 대놓고 공격할 생각을 못했을 것이다.

하지만 패닉에 빠진 데다 다리 하나를 잃은 지금, 그녀는 허점 투성이었다.

쿵.

여왕 거미의 육중한 몸체가 땅에 기울었다.

스파구들은 확인 사살을 위해 쓰러진 여왕 거미를 물어뜯었다.

서걱! 서걱!

더 징그러운 광경이 벌어지기 전에 갑질에 빠져 있는 스파구들을 정리했다.

스ㅇㅇㅇ.

STAT.[Lv.167 / 힘: 167 / 민첩성: 167 / 지구력: 167 / 지능: 1120 / 마력: 165 / 내성: 167]

여왕 거미를 죽이자 재차 레벨이 올렸다.

대체 누가 이 정도 성과를 틈새 한 번만에 성취할 수 있단 말인가.

분명 밤의 성장 속도도 빠르긴 했다.

하지만 층이 오르며 몸이 바뀌는 밤과 달리, 낮은 언제나 내 몸으로써 성장했다.

게다가 학습률2000% 같은 구체적인 효율이 존재하지 않았다.

그저 0포인트 상태에서 해당 기준에 관해 천재가 됐다. 성과가 과연 천재라고 할 정도로 무지막지했다.

"후."

틈새의 정수를 흡수한 다음 틈새를 빠져나갔다.

곧장 구마준에게 전화를 걸었다.

"공략했습니다. 장비와 포션이 더 필요할 거 같은데, 가능할까요?"

-뭐라고? 진심으로 하는 말인가?

"네. 여왕 거미를 죽이고 나왔습니다."

-허, 하하! 정말 놀랍구만! 이렇게 짧은 시간 내에 스파구 틈새를 공략할 줄이야. 그것도 혼자! 설마 알들을 터뜨린 건가?

이렇게 짧게 틈새를 공략했다면 그 답밖에 없었다. 혼날게 두려워 거짓말을 하고 싶진 않았다.

"네. 시간을 아끼려고요."

-자네는 정말 성장이든 레이드든 뭐든지 빠르구만! 내가 뭐라 할 수준이 아니야. 위험한 행동이긴 했지만, 뭐, 공략에 성공했으니.

다행히 구마준은 크게 뭐라고 하지 않았다.

상당히 감명을 받은 거 같았다.

-그래. 사람을 보내서 장비를 전달하지. 그래도 조심하게. 한 번 스파구들에게 휩싸이면 답도 없어.

"네. 감사합니다."

조금 기다리고 있자 구마준의 부하 중 하나가 패키지를 가지고 왔다.

구마준은 정말 친구가 많네.

처음 보는 얼굴의 헌터였다.

"그럼 이만."

치이이익.

패키지를 열자 튼튼한 방패와 접이식 창이 보였다. 접이식 창은 마나를 불어넣을 경우 얼음을 뿜는 창이었다.

일명 프로스트 스피어라 불리는 개조 무기로써, 틈새의 재료를 통해 만들어지고 인첸트된 고가의 무기였다.

패키지에 담겨있는 설명서 덕에 알 수 있었다.

"하하!"

다시 틈새에 들어갈 생각에 흥분됐다.

항상 0포인트 상태를 유지할 수 있으니, 최상의 컨디션이 뚝 끊기는 불쾌함이 없어서 좋다.

탓!

직접 발로 달려 다음 틈새로 이동했다.

스마트와치의 정보를 통해 새로운 E급 틈새에 도달했다.

스르르륵.

이번엔 강철방패와 프로스트 스피어를 장비한 채 틈새에 들어섰다.

❖

간단히 계산해 봐도 손해였다.

소모되는 갑질 포인트에 비해서 일반 스파구는 별달리 쓸모가 없었다.

숫자까지 많아서 배로 포인트를 소모했다.

물론 퀘스트 보상으로 1만 포인트를 받은 덕분에, 아직도 천단위로 여유가 있긴 했다. 그래도 나중을 위해 경제적으로 레이드를 도는 게 좋겠지.

E급 틈새의 정수는 대략 200에서 300의 갑질 포인트로 치환됐다.

"하."

처음 구간의 스팅어 스파구들은 손수 창을 휘둘러 전멸시켰다.

날아오는 거미줄을 방패로 막고, 전진하며 크게 창을 휘둘렀다. 그러면 단순한 동작으로도 한 번에 대여섯 마리의 스파구들이 잘려나갔다.

"스팅어 스파구들만 일반 스파구들을 공격하도록 한다!"

"샤아아!"

"새애애액!"

둘째 구간에서 마찬가지로 알을 터뜨렸다.

그리곤 수없이 많은 스파구들 중 스팅어 스파구에게만 명령을 내렸다.

그 결과 빠르게 일반 스파구들이 죽어나가기 시작했다. 독침을 한 방만 맞아도 온 몸이 급격히 말라붙어 죽었다.

전에 본대로, 스파구들은 서로의 독에 약하구나.

"새애애액!"

"쓰!"

서거걱!

묘한 협공이 계속됐다. 내가 앞에서 스파구들을 창으로 베었고, 뒤에서 스팅어 스파구들이 급속히 일반 스파구들을 독사시켰다.

그 결과 수십 마리의 일반 스파구들이 금세 차가운 시체가 됐다.

"샤아아아!"

틱. 틱.

목적을 이루자 갑질이 풀렸다.

스팅어 스파구들이 한꺼번에 독침을 내게 쏴보냈다. 물론 강철방패를 치켜들어 간단히 독침들을 막아냈다.

"스팅어 스파구들은 내가 공격하는 대상을 따라 공격한다!"

매 번 갑질을 갱신시켜주는 것도 포인트 낭비다. 그래서 알아서 나를 돕도록 명령했다.

나는 스팅어 스파구들을 죽이지 않고 다음 구간으로 이동했다.

퍼석! 퍽!

수없이 많은 알들을 터뜨렸다.

"케헤에에엑!"

"샤아아아!"

이번에도 일반 스파구, 스팅어 스파구, 그리고 아머드 스파구가 튀어나왔다. 도합 200마리가 넘어갔다.

콰직!

거미줄을 쏘는 일반 스파구들을 무시하고 곧장 스팅어 스파구에게 향했다.

콰드드득!

마나를 불어넣자 프로스트 스피어가 진득한 냉기를 뿜었다. 나는 한꺼번에 다섯 마리의 스팅어 스파구들을 얼렸다.

콰창!

그리곤 발로 얼어버린 놈들을 깨트렸다.

"케헤에에엑!"

쾅! 쾅쾅!

아머드 스파구들이 매섭게 앞다리를 내리찍었다. 나는 오히려 파고 들어가며, 프로스트 스피어를 아머드 스파구의 장갑에 휘둘렀다.

콰드드득.

얼어붙은 장갑에 방패를 찍어 넣었다.

콰창!

단단하게 아머드 스파구를 보호하던 장갑이 유리처럼 박살났다.

"샤아!"

"케헤에에엑!"

아직 내 갑질을 따르는 스팅어 스파구들이 10마리 정도였다. 놈들은 내내 일반 스파구나 아머드 스파구를 공격했다.

장갑이 없어지자 스팅어 스파구의 독침이 치명적인 역할을 했다.

"케헤에에엑!"

거대한 덩치를 가진 아머드 스파구는 독침 몇 개 때문에 말라붙어 땅에 쓰러졌다.

"후! 모든 스팅어 스파구는 나를 따르며 내가 공격하는 대상을 공격한다!"

아머드 스파구들을 제거한 뒤, 스팅어 스파구들을 전부 내 아래로 거두었다.

일반 스파구들을 간단히 전멸시킨 뒤 여왕의 방에 진입했다.

-끼야아악! 더러운 인간이여! 내 새끼들을 대체 몇이나 죽인 것이냐!

이번 여왕 거미도 상당히 분노에 차 있었다. 전에 본 여왕 거미와 얼추 흡사했으나, 얼굴이나 상체를 보면 분명 다른 괴수였다.

"쓰!"

이번엔 오래 걸리지 않을 것이다.

-죽여버리겠다!

여왕 거미가 검은 거미줄로 장대 망치를 만들었다. 그리곤 거미 다리와 합하여 매섭게 나를 공격하기 시작했다.

서걱! 석!

창으로 재빨리 여왕 거미의 다리들을 잘라냈다. 이번엔 창의 공격 범위나 파괴력이 뛰어나 방어에만 집중하지 않아도 됐다.

냉기를 뿜어 휘두르면 금세 여왕 거미의 다리를 깨트릴 수 있었다.

-끼야아아악!

그게 끝이 아니었다.

스팅어 스파구 20여 마리가 일제히 여왕 거미에게 독침을 뿜었다.

-자, 자녀들이여. 이게 무슨!

여왕 거미는 충격에 빠졌다. 그녀는 당연히 스팅어 스파구들이 나를 추격해 온 자기 편이라 생각했다.

허나 지금 여왕 거미의 몸엔 스팅어 스파구들이 쏜 독침이 수백 개나 박혀 있었다.

-끼야아아악! 이런 찢어 죽일 것들!

여왕 거미는 심한 배신감을 느낀 듯 했다.

내가 갑질한 걸 보지 못했기에, 그녀의 배신감과 분노는 곧장 스팅어 스파구들에게 향했다.

몸이 썩어가는 중에서 여왕 거미는 한껏 스팅어 스파구들을 죽여 나갔다.

탓!

나는 조용히 도약해 여왕 거미의 몸체에 올라탔다.

여성적인 그녀의 뒤태와 길고 붉은 머릿결이 보였다. 잘못 보면 미인의 뒤태 같다.

정신 차려야지.

-끼야아악! 너희 같은 쓰레기들은 폐기시키겠다! 감히

어미를 공격하다니!

스팅어 스파구들을 전멸시킨 여왕 거미가 나신에 붉은 문양을 띄웠다.

여왕 거미답게 단숨에 독을 극복하려는 듯 했다.

서걱!

하지만 그녀는 너무 흥분한 나머지 내 존재를 잠시 망각한 듯 했다. 독에 취해 내가 올라탄 걸 알아차리지 못했나 보다.

투둑.

댕강 자른 그녀의 머리가 땅을 굴렀다.

악마 같은 얼굴을 가진 그녀의 머리가 놀란 눈으로 날 올려다보았다.

사아아아.

틈새가 어그러지는 게 느껴졌다.

"후!"

안 그래도 까다롭다는 스파구 틈새를 더 빨리 공략해버렸다.

역시 일반 스파구보다, 스팅어 스파구에게 갑질을 하는 게 레이드에 유리하다. 이제 레벨이 올랐으니 아머드 스파구에게도 갑질을 할 수 있을 테다.

"어휴."

허나 오늘은 더 이상 레이드를 하고 싶지 않았다. 급격히 강해진 몸에 적응하고 싶었다.

틈새의 정수를 흡수한 뒤 검은 스마트폰을 꺼냈다.

도베르만에게 연락을 넣어봐야지.

남궁철곤이 내려준 과제를 수행할 시간이다.

❖

옷을 갈아입은 뒤 곧장 진석철에게 전화를 걸었다. 레이드 장비는 구마준이 사람을 보내 알아서 수거한다고 했다.

이렇게 지원을 하는 만큼 나중엔 확실히 대가를 치르게 하겠지. 이미 아티펙트를 이용한 스파이 작전을 언급하긴 했었다.

-예, 여보세요.

"진석철 씨. 접니다. 브리핑을 해준다고 들었는데요."

-맞습니다. 이사님과 약속이 끝나신 모양이군요. 어디서 뵐까요? 편한 곳을 알려주시면 제가 가겠습니다.

문득 올림푸스가 생각났다.

전혀 편하거나 호감 가는 장소는 아니었지만, 이제 엄연히 내 사업장이었다.

남궁철곤이 말한 것이니 틀리지 않을 것이다.

금전이나 경영 관리 등은 직접 방문해서 매니저를 통해 처리해도 되겠지.

"올림푸스에서 뵙죠. 천천히 오셔도 됩니다."

-아. 올림푸스요? 알겠습니다. 덕분에 오랜만에 좋은 술을 먹어보겠네요, 킬킬.

진석철이 간사한 느낌을 풍기며 웃었다.

무서운 조폭 치고는 뭔가 가벼운 느낌인데.

"그럼 거기서 뵙죠."

전화를 끊고 대로가로 달려간 다음 택시를 탔다.

이젠 고속으로 질주해도 숨이 차지 않았기에, 웬만한 거리는 그냥 달리곤 했다.

대신 스치는 나뭇가지에 옷이 찢기지 않게 조심해야 했다.

구마준이 제공해주는 틈새는 대부분 산속에 위치해 있었다.

"여기 이 주소로요."

주머니에 굴러다니던 찰스의 명함을 기사 아저씨에게 보였다. 이젠 주인 없는 명함이었다.

곧 찰스 리란 이름 칸에 내 이름이 들어갈 터였다.

사업장까지 운영할 여유는 없을 거 같은데.

"흠."

찰스가 하던 걸 보면, 내가 바빠질 일은 없을 거 같다. 실제 업무나 경영은 매니저들이 다 알아서 하겠지.

나는 사고를 치진 않으니 되레 더 모시기 편한 사장일 것이다.

"오셨습니까!"

이미 내 얼굴이 전달된 듯 올림푸스에 도착하자 입구 가드들이 90도로 허리를 숙였다.

"들어갈게."

"조심히 들어가십시오, 사장님!"

아직 어두운 세계에 발을 들이지도 않았는데 벌써 조직 문화가 느껴졌다.

음침한 내부로 들어가자 덩치들이 양옆으로 줄을 서서 슥 허리를 숙였다.

"오셨습니까, 사장님!"

나이 어린 사장을 모시는 게 불만스러울 법도 한데, 올림푸스 직원들은 철저히 군기가 잡혀 있었다.

"사장님. 오늘 오실 줄은 몰랐습니다. 다른 애들은 업무 중이고, 있는 아이들만 인사시키려고 일단 급히 줄을 세웠습니다."

입구 CCTV를 통해 내가 들어오는 걸 봤나 보다. 한가한 시간이니 더더욱 반응이 빨랐다.

이렇게까지 깍듯할 줄은 몰랐는데, 찰스가 죽기 전에 내 존재를 제대로 전달하긴 한 거 같다. 남궁철곤이 확실히 서열 정리를 했었으니.

"그래요. 일단 사장실로 가서 간략한 설명을 듣죠. 제가 갑자기 인수인계를 하게 돼서요."

"네. 찰스 사장님께서 재산을 전부 넘기셨다 들었습니다. 장례식에선 못 뵀네요."

"아. 전 따로 애도를 표했습니다."

"그렇군요."

수석 매니저를 데리고 사장실로 향했다.

사장실은 철저히 청소가 돼 있었다.

찰스의 흔적은 고사하고, 그가 쓰던 물건들도 전부 보이지 않았다.

"근데 찰스가 사장이었을 텐데, 사장 자리가 공석이라도 사업장이 꽤 잘 굴러가네요?"

"아, 대부분의 일은 제가 도맡아서 관리했습니다. 찰스 사장님께선… 자유로우셨거든요."

"아. 무슨 말인지 알겠어요."

"그 외에도, 찰스 사장님을 뒤에서 조언해주는 분들이 몇 계셨습니다. 이번에도 정리를 도우셨죠."

"누군지 프로필을 읊어보세요."

수석 매니저가 순순히 찰스의 지인들을 말했다. 분명 찰스보다 서열이 약간 높은 노블립스 조직원들일 것이다.

"흠. 알겠어요."

과연 VIP 리스트에서 본 적이 있는 사람들 같다.

남궁철곤보단 서열이 낮을 듯한데.

"저도 사업에 크게 참견할 생각은 없어요. 나이가 어려서 잘 모르기도 하고. 그냥 제가 알아야할 것들만 브리핑해주세요. 아, 제가 간접적으로라도 어떻게 상황이 돌아가는지는 알고 싶어요."

"물론입니다, 사장님."

수석 매니저는 이런 상황에 익숙한 듯 했다.

어린 나를 보고 의문을 품을 법도 한데, 깍듯하게 자신의 역할을 수행했다.

전에 미리 갑질을 받아 놓은 상태라 그런가.

"이건 자유롭게 쓰실 수 있는 카드고, 여길 통해서 전자 장부를 보실 수 있습니다. 물론 합법적으로 관리하는 버전 이라, 비공식 버전은 저한테 확인하시면 됩니다."

"그렇군요."

"필요하신 일은 제게 시키시면 다 처리해드릴 거고, 언 제라도 자유롭게 오셔서 사업장을 이용하시면 됩니다."

수석 매니저는 여러모로 능력 있는 사람 같았다.

이쯤 되면 집사에 가까웠다.

그러니 찰스가 그리 개떡 같이 행동해도 올림푸스가 유 지됐던 것이다.

"아마… 찰스 사장님의 지인 분들이 연락을 할 수도 있 을 겁니다. 이제 준후 사장님께서 파티 개최를 해야 할 테 니까요."

"아. 제가요?"

"네. 제가 자세한 내막은 모르지만, 주기적으로 사교 모 임을 위해 파티가 열렸습니다."

노블립스의 한국 지부 사교 파티겠지.

꼭 노블립스 소속이 아니더라도 관련 협렵자들도 초대될

터였다.

"알겠습니다. 이제 다 된 건가요?"

"네. 아, 제가 따로 명함과 사업용 폰을 만들어 놨습니다. 괜찮으시지요?"

"예. 수고하셨어요."

"그럼 가보겠습니다."

수석 매니저가 사장실을 빠져나갔다. 나는 단조롭게 디자인된 방을 쭉 둘러보았다.

남궁철곤이 걸어준 재산만큼이나 어색한 곳이었다. 별다른 노력 없이 그저 슥 얻어낸 결과물이었다.

"후."

그래서 그런가 딱히 애정이 가진 않았다.

그냥 내가 이용할 수 있는 도구 중 하나 정도로 생각됐다.

그래도 여러모로 도베르만을 돕는데 유용할 거 같긴 하다. 자금력이나 장소 제공 면에서.

수석 매니저가 놓고 간 폰을 둘러보았다.

이젠 폰이 3개네.

명함은 웬만해선 쓸 일이 없을 거 같다.

─사장님. 손님 들어오셨습니다. 진석철이라는 자입니다. 올려 보낼까요?

"예. VIP방에 세팅해주세요."

진석철이 약속대로 올림푸스에 찾아왔다.

나는 사장실 문을 잠금 다음 VIP 룸 중 한 곳으로 향했다.

지시한 대로 양주들이 세팅돼 있었다.

게다가 시키지도 않았는데 세련되게 생긴 여자들이 드레스를 입고 앉아 있었다.

아가씨도 들이는 곳이였구나.

그런데도 찰스는 손님들에게 그런 짓들을 한 건가.

일하는 아가씨들은 시시했나 보다. 여러모로 가관이었구나.

"아. 잘못 전달됐나 보네요. 나가셔도 됩니다."

"네, 사장님."

아가씨들이 고분고분하게 나갔다.

홍대나 강남 거리에서 만났으면 되레 내가 위축됐을 것이다. 키도 크고 연예인 못지않게 예뻤으니까.

헌데 내가 사장이란 이유로 까마득히 어리고 평범한 내게 깍듯하게 행동한다.

"후으."

여러모로 적응이 되지 않는다.

최여진이 보면 뭐라고 할까.

좋은 반응이 나올 거 같진 않다.

똑똑.

"들어오세요."

한껏 어색해하고 있는데 진석철이 문을 두드렸다.

턱.

문이 열리고 왜소한 체구의 중년이 걸어 들어왔다.

설마 저게 진석철인가. 생각했던 것과 딴판이다.

머리가 벗겨진 건 물론 몸이 왜소하고 키가 작았다. 게다가 얼굴은 구마준처럼 남자답기보단 간사한 인상이었다.

쥐를 닮은 거 같기도 하고….

"진석철 씨?"

"아이고, 새 사장님을 뵙습니다."

그래도 조폭이라고 진석철은 깍듯하게 허리를 숙였다.

"앉으세요."

"네. 생각보다도 어리시네요. 이사님껜 말씀 잘 들었습니다. 잘 모시라고 지시 받았습니다. 뭐든지 시켜만 주십시오."

"아닙니다. 아직 잘 몰라서."

난 각성자에 갑질 능력자다.

게다가 노블립스 내에선 장로 후보다.

분명 이런 대우를 받을 자격이 있었다.

하지만 경험이 많지 않고 모두 새로워서 그런지, 이런 대우가 너무 큰 옷처럼 느껴지긴 한다.

"네, 브리핑을 해주신다고요."

"그렇습니다."

진석철이 눈웃음을 지으며 양주에 손을 뻗었다.

"편히 드세요. 전 술을 싫어해서."

"아이구! 그렇군요. 지혜로우십니다, 킬킬."

진석철이 신나 하며 술을 따라 마셨다.

꽤 비싼 건가 보네.

내 사업장이지만, 딱히 파는 제품이 뭔지 관심은 없다.
원채 술에도 관심이 없고.

"캬. 맛 좋다. 그럼 간략히 말씀드리겠습니다. 서울 수도
권을 장악하는 게 큰 목적입니다. 현재 제가 보유한 사업장
은 총 4군데인데… 솔직히 여기에 비해선 초라합니다."

"음. 그렇군요. 보유 인원은?"

그냥 레이드처럼 생각하기로 했다.

일반인에게 조폭 놀음은 꽤 위험하고 거친 일이었다.

하지만 내겐 F급 레이드보다도 못한 일처럼 느껴졌다.
진석철을 보니 조폭에 대한 모종의 호기심도 확 깨진 기분
이다.

두뇌파라 더 그럴 테지.

"당장 움직일 수 있는 놈들은 한 40명 정도 됩니다. 평소
조심시키는 인원까지 모으면 70명 정도 될 겁니다. 나머지
는 평범한 직원입니다."

"음. 그렇군요. 그럼 잡아먹어야 할 조직은?"

"캬! 보통이 아니십니다. 역시."

내가 눈 하나 깜빡하지 않고 말하자 진석철이 감탄했
다.

그는 내가 각성자란 걸 모른다.

그래서 조폭 일을 단순히 전략적으로 접근하는 게 더더욱 신기할 테다.

"음. 정리해서 보여드리려면 뭐 쓸 게 필요하긴 한데."

"그런가요. 잠시만요."

수석 매니저에게 전화를 걸었다.

"혹시 화이트보드 같은 게 있나요? 아, 회의실에. 그럼 좀 가져와 주세요."

잠시 후 두 덩치가 화이트보드와 마커 펜을 가져왔다. 진석철은 놀라워하며 마커 펜을 집어 들었다.

"올림푸스 직원들을 아주 제대로 키우셨나 봅니다. 덩치를 보니 그냥 살집이 아니고 제대로 보디빌딩을 한 거 같은데. 헬스장에 보충제까지 지원하시는 겁니까?"

확실히 덩치가 보통이 아니긴 하다.

그냥 동네 살찐 양아치 수준은 아니었다.

"제가 키운 건 아니라."

"그렇군요."

굳이 힘자랑을 하지 않아도 돼서 다행이다.

올림푸스 내에서 나이 때문에 날 깔보는 사람은 없었다.

다 이유가 있으니 이 자리에 있을 거라 생각하는 듯 했다. 진석철도 마찬가지였다.

"자, 그럼 그려서 보여드리겠습니다."

진석철이 화이트보드에 다이어그램을 그려보여주었다.

그리곤 적대 조직의 규모와 특성 등을 정리해주었다. 간부들의 인적사항도 읊어주었지만 우두머리가 아닌 이상 신경 쓰진 않았다.

"헌데 진석철 씨."

"네?"

"혹시 아니신가요?"

재차 확인하기 위해 입술을 검지로 톡톡 두드렸다.

"아! 맞습니다. 사장님도? 당연히….."

"그렇습니다. 그럼 저 아래쪽에 그린 작은 소조직들은 간단히 접수할 수 있지 않나요?"

"일부는 그렇습니다. 나머지는 제가 사회 서열이 그리 높지 않아서… 하하. 사업을 굴리느라 빚이 좀 많거든요. 사실 지금 거느리고 있는 놈들도 급히 흡수한 지라 충성도가 높지 않고."

"그렇군요."

진석철은 보아하니 온갖 지략과 정치로 조직을 키워낸 듯 했다.

그만큼 위태위태하긴 했다.

철저한 충성심과 조직력보단 타협과 거래로 뭉쳐 있는 조직이니.

"사실, 도움이 필요하긴 합니다. 제가 지금 데리고 있는 놈들 중에도 욕심을 머금고 있는 놈들이 있거든요."

"그런데요?"

"헌데 제가 능력이 모자라기도 하고, 몇 놈만 친다고 전부 통제할 수 있는 것도 아니라. 일단은 눈치만 보고 있습니다."

진석철은 그리 대단한 갑질 능력자는 아닌 듯 했다.

제한된 능력 속에서, 최대한 지략으로 조폭질을 하는 거 같았다.

능력 자체는 찰스보다 못한가 보네.

"음. 그럼 작은 조직들은 빨리 정리해 버리고, 일단 현재 조직부터 내실을 다지도록 하죠."

"아!"

내가 간단하게 말하자 진석철이 감명을 받은 듯 박수를 쳤다.

그리곤 붉어진 얼굴로 또 양주를 들이켰다.

"캬아. 역시 뭔가 다르십니다. 이사님이 아끼시는 분다 워요. 이렇게 화통을 삶아 드신 정도일 줄은 몰랐는데."

"그럼 브리핑은 얼추 끝난 건가요?"

크게 흥미가 가거나 흥분이 되진 않았다.

남궁철곤 말대로, 과제처럼 대할 생각이다.

"흠."

그러다 진석철의 머리 위로 눈길이 갔다.

나보다 훨씬 사회 서열이 낮네.

비록 서열이나 능력은 나보다 못하지만, 진석철은 노블립스에 꽤 오래 있던 조직원이었다.

"아이고, 그럼 슬슬 가보겠습니다! 정산할 게 있어서
리."

"진석철 씨. 제자리에 앉아요."

내가 심문하지 못할 이유가 없지 않을까.

궁금한 점이 여러 개 있다.

❖

진석철이 내 명령에 슥 자리에 앉았다.

그는 잠깐 당황하더니 이내 한숨을 내쉬었다.

"혹시 제가 뭐 실례한 거 있나요? 그렇다면 지금 사과드
리겠습니다. 빈손으로 온 게 맘에 걸리긴 했습니다. 딱 봐
도 부자 같으셔서."

처음 겪는 일은 아닌 듯 했다.

"아, 그건 아닙니다. 여러 가지 궁금한 게 있어서요."

"그런 거면 편하게 물어보셔도 됩니다. 제가 모시는 분
인데 뭘 숨길 이유도 없지요."

"그래도 오늘 봤는데 제가 바로 믿긴 힘들지 않을까요?
능력으로 물어보면 확실할 테고."

내 말에 진석철이 씁쓸하게 고개를 끄덕였다.

그도 조폭이라, 아래 사람을 무조건 믿을 수 없단 걸 알
고 있었다.

내 말대로 우린 방금 만난 사이였다.

조직 서열은 분명했지만, 진석철이 개인의 신변을 위해 뭘 숨길지는 모르는 일이었다.

"휴. 무슨 말씀인지 알겠습니다."

"해하거나 이상한 짓을 하진 않을 겁니다."

"그렇다면 감사하구요. 양주 한 잔 하고 시작해도 될까요?"

"그러세요."

꿀꺽, 꿀꺽.

같은 노블립스에 아래 서열이니 편하긴 한 거 같다.

못 믿어서 갑질을 한다고 대놓고 말해도, 씁쓸하게나마 고개를 끄덕였다.

물론 거절하거나 반항할 방법은 없다.

내가 인상 깊게 본 점은, 자의로 상황을 받아들였다는 것이었다.

"그럼 시작하죠."

쨍그랑!

적절한 시점을 만들기 위해 글라스 잔을 바닥에 던져 깨트렸다.

"노블립스에 얼마나 오래 가입해 있었습니까?"

"심부름을 하던 시절까지 합해서 이제 13년이 넘어가네요. 축의금까지 받은 식구입니다."

"전국의 족보 조직들이 대부분 정리된 걸로 아는데, 기여한 바가 있습니까?"

어떤 면에선 인터뷰를 하는 기분이 들었다.

다른 점이라면, 상대가 절대 거짓말을 할 수 없다는 것이다.

간단한 정보 심문이라 갑질 포인트 소모도 많지 않았다.

"아. 물론입니다. 부산과 수도권 쪽은 다 작전으로 엮어서 간부들을 재꼈습니다. 제가 직접 작업한 대가리들도 몇 있구요."

"음. 그런가요."

생각 외로 진석철은 화려한 과거를 가지고 있었다. 현재 거느린 조직에 비해선 경력이 상당했다.

왜소한 체구에 비해 칼솜씨도 좋은 듯 했다.

"아까 제게 말해준 조직 규모는 다 정확합니까? 전부 말한 거 맞아요?"

"예. 정확합니다. 대신 말하지 않은 부분이 있긴 합니다."

역시나.

따로 관리하는 부분이 있었나 보다.

"말해보세요. 전부."

"일단, 제가 돈을 좀 빼돌리고 있습니다. 딴 집 살림을 하는데 필요하거든요. 사고 쳐서 데리고 있는 여자가 하나 있습니다. 또, 제가 개인 호위대로 특별히 키우는 녀석들이 있습니다. 살수대라고 부르죠."

"왜 살수대를 키우는 겁니까?"

"혹시나 싶을 때 저를 지켜야 하거든요. 등 뒤에 칼 박힐 때를 대비해야죠."

"경계 대상에 노블립스도 포함됩니까?"

"물론입니다. 아무리 제가 이 바닥에서 전설이라도, 노블립스에겐 소모품 혹은 개새끼에 지나지 않습니다. 그냥 제 역할을 해서 오래 쓰임 받고 있는 겁니다. 목숨 부지할 수단은 찾아야죠."

갑질로 심문하기를 잘한 거 같다.

진석철은 생긴 것보다 가지고 있는 경력이나 능력이 대단했다.

머리가 팽팽 돌아가는 조폭이란 뜻이었다.

게다가 노블립스에 오래 몸담고 있었음에도, 늘 상 노블립스를 견제했다. 언제라도 버림받을 준비를 하고 있었다.

"혹시 상부에 제 비밀을 보고하실 건가요?"

"아직요. 감사 나온 게 아니니까."

"다행이네요. 또 물어보실 게 있으십니까?"

갑질을 당하는 중이었음에도 진석철은 여유가 넘쳤다.

내가 해치지 않겠다고 하자 일단 안심한 것이다.

"이사님과는 어떻게 압니까?"

"제 멘토의 윗사람이라 멀리서 몇 번 뵀습니다."

"당신의 멘토는?"

"외국 출장을 나갔다가 죽었습니다."

"그렇군요. 그럼 노블립스가 왜 수도권을 장악하려고 하는지 압니까?"

내 말에 여유롭던 진석철의 표정이 일그러졌다. 그러면서도 그는 내게 모든 걸 말할 수밖에 없었다.

"예상하셨다시피 단순히 돈이나 더러운 일을 할 사람이 필요해서 그런 건 아닙니다. 그런 건 더 직접적으로 구할 수 있으니까요."

"제가 제일 잘 알죠. 그러면 목적이?"

내 말에 진석철이 땀을 흘리기 시작했다.

역시 조직에 오래 있다 보니, 서열이 낮더라도 아는 게 많았다.

"아, 트리 프로젝트라는 게 있거든요."

"트리 프로젝트?"

"그렇습니다. 저는 잘 모릅니다만, 프로그래밍 개념이라고 하더라고요. 피라미드 구조로 위에서 가지가 뻗어 내려오는 그림이랍니다. 저야 거기까진 잘 모르죠."

듣자하니 어디서 엿듣거나 우회해서 입수한 정보 같았다.

"어찌됐건 트리 프로젝트의 목적은 분명합니다. 사회적인 혼돈을 일으키는 것. 그것도 각 계층 별로 말입니다. 그래서 혼돈 속에서 필요를 창출하고 그 필요를 미리 예측해 시스템을 장악하는 겁니다."

분명 진석철은 아는 그대로 실토하고 있었다.

허나 너무 큰 그림이라 추상적인 느낌이 강했다.

"자세히 설명해 보세요."

"예컨대 주먹 시장을 장악하면 벌일 수 있는 일들이 많아집니다. 뉴스를 떠들썩하게 할 만한 일들요. 그리 되면 다른 요소들을 끌어올 수 있게 되죠."

"다른 요소라?"

"조폭들이 장기적으로 전쟁을 벌이고 물의를 일으키면, 그만큼 시민이나 공권력은 추가적인 무력을 필요로 하게 됩니다. 의도하면 할수록, 다른 곳에 피해가 가기 마련이죠."

"음. 계속해보세요."

"매 번 군대나 경찰부대를 뿌려놓을 수도 없는 법이지요. 일당백을 하는 인원들이 있는데."

진석철의 말에 곧장 생각나는 인원들이 있었다.

나도 포함되는 기준이었다.

각성자들을 말하는 건가.

하지만 왜 노블립스가 그걸 원할까. 단순 경찰 정도로 안 되면 대체 얼마나 물의를 일으킨다는 걸까.

설마 멕시코 수준을 말하는 건가.

"거기까진 이해가 됐습니다. 하지만 제가 알기로 노블립스는 헌터들을 짐승처럼 여기며 싫어하는 걸로 아는데요. 굳이 그들에게 사회에서 활동할 공간을 왜 만들어주는 겁니까?"

"그건 저도 모르겠습니다. 저도 오래 전에 주워들은 거라, 지금은 어떤 구조나 형태인지 모르겠습니다."

보아하니 한국 지부가 훨씬 작을 때 입수한 정보인 듯 했다.

그만큼 오래된 정보였다.

노블립스의 트리 프로젝트.

계속 거슬러 올라가면, 사회 치안이 충분치 않다는 인식을 사람들에게 심으려는 거 같다.

그리곤 필요의 공백을 만들어 뭔가를 대입하려는 거 같고.

"흐음. 근데 왜 노블립스가 굳이 그런 일들을 벌이려 할까요. 지금도 모든 걸 가지고 있는데."

"정말 모든 걸 가진 건 아니죠. 단지 사회나 경제의 큰 부분을 차지하고 있을 뿐입니다. 그렇다고 해서 매 번 모든 사회 구성원들을 통제하는 건 불가해요."

"직접 갑질로는 한계가 있겠죠."

"그렇습니다. 모두가 사장님처럼 갑질에 능한 건 아니니까요. 그래서 갑질은 시스템 장악의 수단으로 이용됩니다."

"그럼 진짜 전부 장악하는 게 목적인가 보군요."

"조직의 시작이 언제인지 모르니, 언제부터 시작된 프로젝트인지도 모르겠습니다. 적어도 제가 아는 바에 의하면 그렇습니다."

남궁철곤이 비슷한 말을 한 적이 있는 거 같다.

사회를 이끌어줄 강단 있는 입술이 필요하다고.

단순히 리더십 자리 몇 개를 장악해서 영향력을 끼치는 정도가 아닌 듯 했다.

완전 장악을 최종 목표로 하는구나.

"후."

노블립스라면 아예 불가한 일은 아닐 거 같았다.

시간이 매우 오래 걸리더라도 말이지.

그들은 새로운 요소인 헌터들까지 이용할 생각이었다.

"으."

머리가 아파왔다.

원한다면 갑질을 통해 어느 정도 헌터들을 통제할 순 있겠지.

하지만 진석철 말대로 모두에게 항상, 한꺼번에 갑질을 하는 건 불가능에 가까웠다.

그래서 끝없이 큰 그림을 그리는 건가.

"알겠습니다. 그럼 살수대에 대해서 간략히 말해보세요."

"잘 치는 몇 놈을 키워서 데리고 있습니다. 가장 평범한 자리에 박아놓았죠. 본인들도 살수대인 걸 모릅니다. 대신 붉은 개, 68, bite라는 단어를 순서대로 들으면 미쳐 날뛰게 됩니다. 저 외엔 주변인들 모두에게 칼질을 하게 됩니다."

"허!"

생각지도 못한 기술이었다.

남궁철곤이 설득에 갑질을 섞는 것과는 다른 느낌이었다.

러시아 군대에서 비슷한 실험을 한 적이 있다고 들은 거같은데.

진석철은 실제로 잠재 메시지를 살수대에게 심은 듯 했다. 잠재의식을 이용한 갑질이었다.

"그 메시지가 영구적입니까?"

"아쉽게도 저는 갑질 능력이 그리 뛰어나지 않아 매 주갱신을 해줘야 합니다."

"잠재 메시지를 심고, 기억을 지우겠군요."

"그렇습니다."

기술을 하나 더 배운 거 같다.

잠재 메시지를 심는 갑질.

일종의 최면과도 같았다. 조건이 충분할 경우 이식 및 발동 확률이 100%라는 게 최면과는 달랐다.

"흠. 여러모로 얻어낸 게 많군요."

"역시 보통이 아니십니다. 처음 만나자마자 갑질을 당할줄은 몰랐는데. 그것도 혈기왕성해서 자기 위치를 자랑하는 게 아니라, 정보를 위해서라니."

진석철은 내가 만만치 않다고 말했다.

나는 무표정하게 고개를 끄덕이곤 말했다.

"제가 잔을 깬 후의 일을 모두 잊으세요. 잔뜩 취해서 자러 가고 싶다고 느끼세요."

"음."

진석철이 픽 고개를 숙였다 들었다.

"으. 그럼 가보지요. 다음에 뵙겠습니다."

머리가 지끈거리는 듯 진석철이 비틀거리며 자리에서 일
어나 나갔다.

트리 프로젝트라.

"흐음."

원랜 양주와 섞어먹는 음료수를 따로 들이켜 마셨다.
맛이 나쁘지 않았다. 그럼에도 이상하게 뒷맛이 씁쓸했
다.

"후."

너무 양면성이 강한 거 같다.

분명 노블립스의 목적에는 동의를 했다. 강력한 리더십
으로 사회를 이끌기 위해 갑질을 사용한다.

하지만 수단이 결코 깨끗지만은 않았다.

내가 직접 작은 단위로 행동해봐서 알지.

"후우우."

띠링.

-형. 우리 집 주소가 뭐였지? 나 길 잃었어. 일단은 친구
집에 가 있긴 한데. 내가 머리가 어떻게 됐나 보다.

준수에게 문자가 왔다.

"아!"

머리를 부여잡았다.

집이란 참으로 복합적인 공간이었다. 일상생활을 하면서 주기적으로 휴식하고 방문하는 공간이었다.

그냥 그 자체를 집이라 인식해도, 외부적인 요소들이 많이 남아있었다.

"정리해야겠네."

주소부터 친구나 지인들에게 둘러댈 말까지.

갑자기 이사에 관하여 처리할 일들이 많아졌다.

다음부턴 그냥 로또에 당첨됐다고 설득해야겠다.

"하아."

어렴풋이 노블립스의 고민 또한 공감됐다.

갑질로 모든 걸 한꺼번에 바꿀 순 없었다.

하나를 바꾸면 다른 디테일이 남게 됐다.

그래서 정말 바꾸고자 하면, 집요하게 모든 걸 꼼꼼히 뜯어 고쳐야 했다.

꿀꺽, 꿀꺽.

음료수 2통을 한꺼번에 비웠다.

거짓말은 거짓말을 낳는다고, 갑질 하나를 해두니 그걸 보충하기 위해 또 다른 갑질을 해야 했다.

이러 식으로 남궁철곤이 여자친구를 개조하려 했던 거구나.

"으으으!"

최여진이 생각났다.

나는 절대 그녀를 망가뜨리기 싫다.

그러니 이번 기회에 경각심을 가져야겠다.

"트리 프로젝트."

방금 내가 겪은 감정과 엮여 미묘한 기분이 들었다. 노블립스가 조직 단위로, 국제적으로 나 같다면 어떨까.

본래 의도는 좋아도, 그 과정이 너무 꼬이고 꼬여서 수없이 많은 일들을 눈감아야만 한다면.

조직 단위니 피해를 보는 사람이 적잖을 거다.

아까도 조폭들을 장악해 전쟁을 벌인다고 했다.

그럼 업소에서 일하는 일반인이나 상인들이 제일 먼저 피해를 보겠지.

"후으으."

초인의 몸이라도 극심한 스트레스를 받으면 머리가 지끈거리나 보다.

정신과 연루된 현상이었으니.

노블립스에 대해 좀 더 조심스레 생각해야겠다.

남궁철곤만 보면 멋있고 잘난 느낌이 들었다. 좀 위협적이긴 해도.

하지만 보아하니 찰스만이 어두운 면의 전부는 아닌 거 같다.

-주소 보내줄게.

준수와 어머니에게 주소를 보냈다. 일단 택시를 타고 찾아올 순 있겠지.

집으로 향해 두 사람에게 추가 갑질을 해야겠다. 번거롭고

속상한 일이었다.

이래서 남궁철곤이 옛날의 자신은 서툴렀다고 했나. 지금은 한꺼번에 완성도 있는 갑질을 할 수 있으려나.

-여진아, 같이 공부할까?

이래서 일상을 남겨 놓은 것이다.

도망칠 곳이 필요할 거 같아서.

최여진과 저녁을 먹고 같이 공부를 할 것이다.

그러면 방금 갑작스레 느낀 염증이 좀 나아질 것이다.

그러면서 다짐했다.

내가 도망칠 일상까지 갑질로 망가뜨리진 말자고.

❖

최여진과 즐거운 저녁 시간을 보냈다.

그리곤 오랜만에 4시간 정도 같이 공부를 했다. 최여진은 내가 잔뜩 쌓아 놓은 책을 금세 독파하는 걸 보고 상당히 놀라했다.

내가 미리 선수를 쳤다.

"이미 본 거라, 복습하는 거야."

"근데 완전 새 책이던걸?"

"아. 전에 써놓은 게 신경 쓰여서. 새롭게 봐야 복습할 때 내가 확실히 아는지 모르는지 나오거든. 노트나 답이 없는 상태에서."

"이야, 장난 아니네! 책값은 좀 들겠지만, 신선한 공부법이다. 헤헤."

최여진은 기특한 듯 툭툭 내 등을 쳐주었다.

다시 공부를 하며 티 나지 않게 씁쓸히 웃었다.

내가 갑질을 하지 않았더라면, 그녀와 나는 지금 남이었을 거다.

오늘 갑질을 한 건 필요 이상으로 한 것이지만, 저번에 붙잡은 것은 어쩔 수가 없었다.

"휴."

갑질로 일상을 망치고 싶진 않다.

하지만 애초에 그 일상이 사라지려 한다면, 갑질을 조심하는 게 의미가 있을까. 소 잃고 외양간 고쳐봐야 무의미한 일일 것이다.

의도를 따지기 보단 정말 필요한가를 따져야하나.

기준을 세우는 게 너무 힘들다.

범인은 이해 못할 고뇌였다.

"으! 다했다."

"또?"

"웅! 이 정도면 곧 있을 수준 평가에서 A반에 갈 수 있겠지?"

"당연하지. 수능도 든든하겠다, 야."

최여진 앞에서 수없이 많은 교재들을 공략해냈다. 이미 본 것이라고 거짓말을 하면 비상식적인 속도에 관해 쉽게 해명할 수 있었다.

수십 번씩 본 것들이라면 내 속도로 독파할 만도 하다. 완전히 이해했다는 가정 하에.

물론 실상은 즉석에서 새로운 지식들을 소화하는 중이었다.

"이제 어두워졌네. 바래다줄게."

"응. 네 덕분에 더 도전 받는다. 나도 들어가서 더 할 거야!"

최여진이 귀엽게 승부욕을 드러냈다.

나는 피식 웃으며 그녀의 머리를 쓰다듬었다.

"아으. 요새 너무 심란한 일이 많아서 그런가, 집중력이 떨어지는 거 같아! 누가 공부하라고 옆에서 계속 닦달해줬으면 좋을 텐데."

최여진의 말에 살짝 놀랐다 금세 평정을 되찾았다.

갑질로 그녀에게 공부를 열심히 하라고 해줄 순 있다. 그것도 티 나지 않게.

그것은 실제로 최여진이 바라는 바였고 그녀에게 이로운 일이었다.

하지만 필요한가를 따져봤을 땐, 그렇지 않다.

그녀는 홀로도 충분히 잘 해낼 것이다. 나는 그녀를 믿어주기로 했다.

"하하. 오늘처럼 옆에서 같이 공부해달란 거구나? 답정너네."

"에이! 그렇다, 어쩔래."

최여진이 장난스럽게 툭 치자 나도 웃을 수밖에 없었다.

항상은 힘들어도 종종 옆에서 같이 공부해줘야겠네. 학원의 수준 평가가 코앞이다.

수능도 얼마 남지 않았고.

오늘 내 공부 속도나 효율을 보면, 역시 문제없다.

"잘 가!"

"으응. 또 보자!"

"오늘 같이 공부해서 너무 좋았어!"

"내가 더!"

"꺄하하!"

서로 웃는 얼굴로 헤어졌다.

묵직한 맘을 눌러 내리며 생각했다.

최여진이 원하는 남자친구는, 오늘처럼 평범하지만 성실하게 옆에서 노력하는 사람인 거 같다.

"에휴."

그렇다면 그녀가 싫어할 내 모습들을 숨기기보단, 부분적으로나마 그녀가 원하는 모습들만 보여줘야 하나.

하지만 그건 내 완전한 모습이 아니었다.

그게 진정한 연애가 맞긴 한가.

고민을 접어두고 집으로 향했다.

"어, 왔니!"

"형. 애들이 이상해. 우리 집보곤 처음 본다고 헛소리를 하더라니까? 하마터면 싸울 뻔 했어. 그냥 리모델링한 거라 생각하라고 했어."

"휴. 두 사람 잠깐 앉아 봐요."

이제 내가 저지른 서투른 실수를 만회할 차례다.

나는 1시간에 걸쳐 꼼꼼하게 모든 사항에 관해 갑질을 했다.

집에 관해서는 더 이상 트러블이 없도록 말이다.

"아, 그리고 저 로또 당첨됐어요. 1등. 성인이라 구매가 가능했어요. 진짜니까 믿어주세요."

자연스레 갑질을 섞어 넣었다.

그 말에 두 사람은 뛸 듯이 기뻐했다.

그 모습을 보며 한 가지 더 깨달음을 얻었다.

단순한 갑질일 수록 적용이 편리하다.

생활에 연관되거나 복잡할수록 보충이 많이 필요하다.

"으아."

머리가 지끈거리는 거 같았다.

일단 나중에 얘기하자고 하고, 방에 들어와 몸을 누였다.

오늘은 이제까지와 정반대로 생각이 흘러갔다.

꽤 그럴싸해 보였던 노블립스의 어두운 면을 보았다. 사회를 장악해서 이끈다는 건 괜찮아 보여도, 그 과정에서 벌이는 일들이 범상치 않아 보였다.

일단은 신중하게 더 알아봐야겠지.

그에 더해서, 가까운 사람일수록 갑질을 아껴야 한다는 걸 깨달았다. 꼭 필요하거나 단순한 일일 때만 자연스레 시도해야겠다.

아예 쓰지 않는 건 능력 낭비 같았다.

"후우우우!"

이제 14층 서열1위를 제거하러 갈 차례다.

던전은 낮과 분명히 다르다.

생존과 싸움이 정당화되는 곳이다.

신분상승 가속자

3 장 - 번개 기둥

눈을 뜨자마자 다시 엄청난 속도감이 느껴졌다.

육중한 몸체가 쾅쾅 거리며 트랙을 달리고 있었다. 등 위를 자각해 볼 때 전에 장착한 무기들도 고스란히 남아 있었다.

일단 카몬 팩에게 향하기 전, 이너레인으로 이동했다.

캉캉캉캉!

예상대로 체인러너의 벽이 어느 정도 회복돼 있었다. 급히 신규 구성원을 영입해서 보충했나 보다.

"컹컹! 길을 터라!"

"케헥! 우월자시다! 길을 열어라!"

철커덕!

내 명령에 체인러너들이 서로 연결된 부위를 풀었다.

그러자 매섭게 감돌던 합력 자성이 슬그머니 사그라졌다.

"고맙다. 그럼 지나가도록 하지."

텅!

가뿐히 체인러너의 트랙을 지나쳤다.

다음엔 아니나 다를까 서열12위와 워리어팩을 만나게 됐다. 다행히 적대적인 기색은 아니었다.

"살아계셨군요! 그토록 빨리 성장하던 분이 허무하게 죽은 줄 알고 의아해했습니다. 이렇게 또 뵙게 되는군요."

"헥헥, 1위를 만나러 가겠다. 설마 또 막으려 할 건가."

"아닙니다. 힘에서 밀릴뿐더러, 저번에 호의를 베풀기로 한 적이 있었지요."

"그래, 그러기로 했지."

"앞으로 당신은 막지 않겠습니다. 어차피, 1위님께서 알아서 처리해주시겠지요. 그게 아니라면, 14층에도 엄청난 변화가 오는 것일 테고요."

"그래. 그럼 수고하도록."

12위도 별 탈 없이 지나칠 수 있었다.

일단 서열이 높고 힘을 가지고 있으니 모든 게 편했다.

이너레인으로 향하는 게 내 마땅한 권리가 됐다.

"헥헥헥!"

머지않아 번개 기둥에 도달했다.

가까이서 들여다보니 거만하게 날 내려다보고 있는 1위가 보였다.

-크하하하! 겁먹어서 도망간 줄 알았더니 다시 돌아왔구나! 다시 용기를 낸 것이냐? 어디로 도망갔는지, 나조차 찾을 수가 없었는데! 잔뜩 겁을 먹은 줄 알았느니라. 몸을 숨기는 초능이 있는지 의심하기도 했지!

"잠시 쉬고 왔다. 죽을 준비는 됐는가!"

콰르릉!

1위가 내게 번개를 뿜었다.

[2성 각성.]

탓!

얼른 피해 땅에 내리치는 번개를 피했다. 여타 방전과는 달랐다.

맞으면 분명 몸이 타들어갈 수준의 화력이었다.

-크하하하! 네까짓 게 어떻게 날 죽인다는 거냐. 그저 좀 신기할 뿐인 놈이! 네 모든 공격은 내게 통하지 않아. 반면, 난 무한하게 널 공격할 수 있어!

콰르릉! 쾅쾅!

1위가 연속적으로 번개를 12번이나 쏴 보냈다.

나는 바깥으로 피하며 번개를 전부 회피해냈다.

바깥으로 향할수록 번개 기둥에서 뿜어져 나오는 번개의 각도가 까다로워졌다.

그래서 피하긴 좀 더 편리했다.

애초에 초월자인 1위를 제외하고, 현재 나는 14층에서 가장 뛰어난 육체를 가진 마물이었다.

[카몬 - 14층 - 2위.]

-크하하! 잘 피한다 이것이냐? 하지만 네가 홀로 뭘할 수 있을까! 네가 아끼던 간부들이 다 이렇게 내게 붙잡혀 있는데!

아까부터 번개 기둥 주변에 접혀 있는 마물들이 눈에 밟히긴 했다.

죽진 않았는데 잔뜩 자성에 눌려 있는 모습이었다.

설마!

접힌 마물들의 등을 보니 익숙한 무기들이 장착돼 있었다. 끝내 도망치지 못한 카몬 팩이구나.

달텅마저 붙잡혀 있었다.

워낙 번개 기둥의 빛이 밝아 미처 자세히 보지 못했었다.

-네 시체를 확인하지 못했거든! 그래서 혹시나 싶어 붙들어두었지. 네 눈앞에서 태워 죽여줄까?

1위가 음산한 목소리로 말했다.

치지지직!

그러면서 위협적인 전류 폭풍을 번개 기둥 주변으로 둘렀다.

곧장 죽이지 않는 걸 보면 내가 빌기를 바라는 거 같았다.

나는 곧장 번개 기둥으로 달려갔다.

-크하하하! 역시 네가 아끼는 팩이구나! 감히 내게 대적하려고 건방을 떤 것 보면 보통 놈들은 아닐 테지!

콰르릉! 쾅쾅!

다가오는 내게 1위가 연신 번개를 내뿜었다.

하지만 쏟아지는 위치가 분명했기에, 번개의 선상을 예측하는 게 어렵지 않았다.

쾅쾅!

내리치는 번개를 모두 피한 뒤 번개 기둥에 가까워졌다.

콰과과과!

한껏 자성포를 쏘아댔지만 역시 소용이 없었다.

당연히 대형 접이식 낫도 무용지물이겠지.

철커덕, 철컥!

과감하게 무기들을 내려놓았다. 번개 기둥에 가까울 땐 각성한 상태에서도 무게를 최소화해야 했다.

─케헤하하하! 마침내 포기한 것이냐! 순순히 무기를 내려놓는군. 이제 빌어라. 그리고 내게 충성을 맹세해라! 게으르지 않은 우월자가 필요하다!

1위는 급격히 성장한 나를 지켜보았다고 했다.

그래서 그런지 나에 대한 호기심이 꽤 강한 거 같았다. 초월자인 자신조차 이해 못할 요소를 본 것일 테니.

죽이기보단 밑에 두고 싶다 이거군.

"헥헥!"

"케헤엑!"

난 대답하지 않았다.

대신 번개 기둥 주변에 늘어져 있는 우월자 하나를 물었다. 그리곤 냅다 놈을 번개 기둥 안으로 밀어 넣었다.

-무슨!

콰지지지직!

번개 기둥에 심한 잡음이 끼기 시작했다.

텅! 텅텅!

그러면서 1위가 붙들고 있던 카몬 팩들이 한꺼번에 땅에 떨어졌다.

그들을 붙들고 있던 자성이 풀린 것이었다.

"카몬 팩! 어서 도망가거라! 자성이 약하게 닿는 바깥쪽으로 이동하도록!"

"헥헥! 드디어 풀려났다!"

"카몬님께서 돌아오셨다!"

다리가 자유로워진 카몬 팩은 얼른 바깥으로 도망치기 시작했다.

"케하아아악!"

육중하고 비대하던 우월자의 몸이 빠르게 증발했다.

적어도 효과는 확실하구나.

번개 기둥은 웬만한 금속은 전부 증발시키거나 튕겨낼 수 있었다. 게다가 몸이 닿으면 금세 전류에 육신이 타 버렸다.

직접 다가갈 방법은 없었다.

대신 육중한 우월자의 몸을 집어넣으니, 그 육신을 불태

우면서도 심한 잡음 현상이 생겼다.

위로 뿜어져 올라가는 번개 기둥의 흐름이 방해를 받는 것이었다.

지난밤에 번개 기둥이 위로 항상 향하는 걸 보고 혹시나 했었다.

-그만 두어라! 감히 던전 전체에 피해를 입히고 싶은 것이냐! 태워죽일 놈! 위층에서 분노할 것이다!

콰르릉! 쾅쾅!

끝내 내가 번개 기둥으로 밀어 넣었던 우월자의 시체가 완전히 증발했다.

1위는 위기를 느끼고 더더욱 맹렬히 내게 번개를 뿜었다.

쾅!

나는 번개를 피해내 이번엔 우월자 셋을 번개 기둥에 밀어 넣었다.

달라는 법을 까먹은 듯, 드러누워 있던 우월자들은 속수무책으로 당했다.

"케헤아아아아악!"

"케헤에에엑!"

콰지지지직!

-이런 미친 새끼! 당장 그만 둬!

번개 기둥이 번쩍거리며 위태로운 모습을 보였다. 잠시나마 심각한 오류에 빠진 거 같았다.

철컥!

나는 속도 때문에 내려놓았던 자성포를 한꺼번에 장착했다.

1위는 번개 기둥을 안정화하느라 정신이 없는 거 같았다.

잠깐씩 번개가 갈라지며 놈의 본체가 들어났다.

"캬아아아!"

콰과과과!

포효를 내뿜으며 1위에게 마구잡이로 자성포를 쏘았다. 가득 차 있던 탄창대가 순식간에 비워졌다.

-크하아아악!

몸에 구멍이 난 1위는 그대로 번개 기둥에 먹혀버렸다. 한순간 증발돼 사라지는 모습이었다.

치지지직.

승리를 만끽할 틈도 없이, 번개 기둥이 내게 가지를 뻗기 시작했다.

도저히 피할 수 없을 만큼 빠르고 강렬한 번개 줄기였다.

도저히 버틸 수가 없었다.

난 단번에 번개 기둥에 빨려 들어갔다.

치지지직!

어찌 보면 당연한 현상일지도 몰랐다.

1위가 죽었으니, 서열 2위인 내가 번개 기둥의 자리를 대체하게 되겠지.

어찌 보면 14층의 왕좌 같은 곳이었다.

우우우웅.

"캬하아아악!"

온 몸이 불타오르는 게 느껴졌다.

우월자에서 초월자로 승급하는 건 절대 쉬운 일이 아니었다.

극심한 고통이 세포 하나하나, 뼈마디 전부를 쓸고 지나갔다.

그럼에도 맘껏 비명을 지를 수조차 없었다.

그저 단발마를 간혹 내뱉는 게 다였다.

"케헥!"

얼마나 지났을까.

모든 감각이 마비된 상태에서 지옥 같은 고통을 버텨냈다. 보이지도 들리지도 않는 상태에서 아프기만 했다.

사아아아아.

한순간 평화가 찾아왔다.

온 몸에 시원한 쾌감이 울려 퍼졌다.

-크하아아! 끝났다!

한숨을 내뱉자 전 1위의 목소리처럼 고등하고 이질적인 소리가 났다.

[카몬 – 14층 – 1위.]

마침내 14층을 장악하는 데 성공했다.

이번엔 단순히 서열이 1위인 것이 아니라, 실제로 초월적인 육신을 얻었다.

우우우웅.

번개 기둥이 나와 하나가 됐다.

그러면서 14층 전체에 신경이 뻗어졌다. 내가 내뿜는 강렬한 자성이 수억 마리의 마물들을 움직이는 게 느껴졌다.

그러면서 그들의 질주에서 역으로 잔여 전류가 되돌아오는 게 인지됐다.

–쉽지 않네.

14층 전체를 통제하던 자성은 예상대로 1위의 것이었다.

[현재 전류 공급량: 8911억 일렉트론.]

[1위 등극을 축하드립니다. 14층의 주인이자 던전의 발전소 담당으로써 상위 층에 항시 8000억 일렉트론 이상의 전류를 공급해야 합니다. 그러지 못할 경우 자격을 박탈당해 폐기됩니다.]

뫼비우스 초끈이 아닌 던전 자체로부터 메시지가 내려왔다.

[1인자 등극을 축하합니다. 15층으로 신분상승하시겠습니까? 아니면 14층의 특혜를 누리며 안정적인 삶을 택하시겠습니까?]

14층의 1위 자리는 단순히 누리기만 하는 자리가 아니었다.

전류를 생산해 위로 보내야할 의무가 있었다.

그래서 생각보단 이전 1위가 날 맹렬히 공격하지 못한 거 같다.

분명 번개를 쏘거나 카몬 팩을 통째로 붙든 건 위협적인 행동이었다.

하지만 14층 전체를 장악한 자 치고는 약한 모습이었다. 그 연유는 싸우는 중에도 14층을 관리해야하기 때문이었다.

생산된 전류를 전부 전투에만 쏟아 부을 순 없는 것이다.

그 외에도 이런 식이면 평소 자성으로 감당할 수 있는 정도로 개체 수를 조절해야할 터였다.

-크르르. 다 보이는구나.

이전 1위가, 내가 서열이 낮을 때부터 나를 지켜볼 수 있었던 이유를 알게 됐다.

그야말로 14층의 모든 게 보이고 느껴졌다.

시력이 극에 달해서 확대와 축소까지 가능해졌다.

기기기긱.

게다가 내가 원하면, 특정 트랙에 개별 자성을 불어넣어 작은 마물들을 조종할 수도 있었다.

-크하하! 놀랍구나.

그야말로 14층 최강자다운 힘이었다.

치지지직.

번개 기둥에 감각을 불어넣어 전류 폭풍을 만들었다.

"새, 새로운 우월자시여! 인사 올리옵니다!"

"저희가 경험이 많으니 여러 조언을 해드리겠나이다!"

"워리어팩과 체인러너들이 철저히 이곳을 지킬 겁니다! 안심하소서! 그나저나 대단하십니다. 영원히 군림할 줄 알았던 분을 없애고 직접 1위 자리에 오르다니!"

"저희라면 꿈도 꾸지 못했을 겁니다!"

우월자들은 아직도 드러누운 상태로 늦장을 부렸다. 그 모습이 여전히 꼴 뵈기 싫었다.

치지지직.

"헌데 누구를 벌하시려고 그러십니까?"

우월자들이 멍청하게 물었다.

나는 15층으로 올라가기 전 청소를 한 번 할 생각이다.

-더 들을 것도 없다.

파지지직!

"캬하아아악!"

"케헤에에엑!"

워리어팩을 이끄는 12위는 현재 서열이 꽤 오른 상태였다.

전류 폭풍으로 이전12위의 위에 있는 우월자들을 깡그리 태워 죽였다. 이전 12위를 2위로 만들기 위해.

이제 이너레인에 꼴 보기 싫게 드러 누워있는 마물은

없었다. 안 그래도 덩치가 커서 더 보기 싫었었다.

－새로운 2위는 나아오라!

콰르르릉!

강력한 자성을 뿜어 이전12위, 현재 2위를 데려왔다.

녀석이 적잖이 놀란 듯 고개를 푹 수그렸다.

"결국 성공하셨군요! 누가 봐도 범상치 않은 분이셨습니다! 오랫동안 어떻게 최강자가 탄생하는지 궁금했는데, 이런 식이군요. 덕분에 저도 2위에 오른 거 같습니다."

－너는 내 뒤를 이어 14층을 관리할 것이다.

"케헥! 무슨 말씀이십니까! 설마!"

－그래. 나는 이 층에 미련이 없어. 올라갈 것이다. 네가 내 뒤를 잇게 될 것이다. 4족 검술을 잃게 될 텐데 괜찮겠느냐?

"케헥헥! 물론입니다! 어차피 4족 검술이 극에 달해 더 이상 수련할 것도 남아있지 않습니다. 당신과 같이 검을 겨룰 대단한 대상도 없구요."

－그럼 잘 되었다. 곧 넘겨주도록 하마. 가서 카몬 팩을 데려와라. 멀어서 억지로 끌어오기가 힘들구나.

"분부 곧바로 받들겠습니다! 14층의 주인이시여!"

굳이 시도하면 못할 거도 없었다.

카몬 팩을 자성으로 여기까지 끌어오는 것 말이다.

하지만 시간이 너무 오래 걸릴 테였다.

새로운 서열 2위는 금세 카몬 팩을 데려왔다.

"케헥! 카몬님!"

-그래. 끝내 1위 자리를 뺏어냈다.

호들갑을 떠는 카몬 팩을 잠잠케 했다.

[퀘스트: 위로 쏘아 보내는 전류를 2000억 수준으로 낮추어라. 보상: 뫼비우스 주사위.]

[추종자 퀘스트: 현재 14층의 질주 배열을 역순으로 바꾸어라. 보상: 추종자와 함께 신분상승.]

마지막 인사를 하려고 하는데 퀘스트가 내려졌다.

-곧바로 시킬 것이 있다. 내 주변으로 최대한 높이 금속 기둥들을 세워라!

"아, 알겠습니다!"

-이젠 워리어팩이 곧 우월자이다. 워리어팩도 거들어라!

"물론입니다, 14층의 주인이시여!"

2위는 곧 자신이 1인자가 된다는 생각에 한껏 상기돼 있었다. 그래서 매서운 속도로 워리어팩을 이끌어 금속 기둥을 세웠다.

금속 기둥은 내가 뿜어내는 자성을 증폭시켜 줄 것이었다. 1위가 된 후 깨친 기술 중 하나였다.

-모두 물러나도록 하라! 나는 이제 위층으로 갈 것이다! 지치지 말고 질주를 계속하도록!

간단히 인사를 남긴 뒤 주변에 있는 마물들을 전부 다 바깥으로 밀어냈다. 최소 100트랙 바깥으로 밀어냈다.

그러자 급격히 위로 올라가는 전류 양이 줄었다.

-이 정도론 모자라지.

[현재 전류 공급량: 7899억 일렉트론.]

-크하아아악!

번개 기둥에 과할 정도로 강렬히 감각을 불어넣었다.

그리곤 14층 전체를 움직이기 시작했다.

바깥쪽의 약한 마물은 안으로 끌어오고, 안쪽의 강한 마물들은 바깥으로 밀어냈다.

그야말로 무지막지한 에너지 소모였다.

우우우웅! 우우웅!

높은 금속 기둥들이 증폭된 자성을 뿜어냈다.

[현재 전류 공급량: 5412억 일렉트론.]

-크하아아악!

정말 무거웠다. 14층의 마물들 전부를 자성으로 움직이는 것 말이다.

물론 전에도 14층 전부를 자성으로 돌리긴 했었다.

하지만 트랙을 따라 달리게 하는 것과, 안과 밖의 트랙을 강제로 바꾸게 하는 건 규모 자체가 달랐다.

트르르륵! 기기긱!

14층 전부가 엄청난 소음과 비명에 휩싸였다.

서로 부딪쳐서 넘어지는 마물들도 적잖았다.

하지만 모두가 정신없는 상황이라 포식을 할 여유 따윈 없었다.

"케헥헥! 재앙이다!"

"14층이 무너지려고 한다!"

"이게 대체 무슨 일이야!"

"14층의 주인께서 노하셨다!"

공사는 1시간이나 계속됐다.

그동안 나는 생산되는 전류를 꾸준히 소모해 나갔다.

애초에 마물들이 제대로 질주를 하지 못해 전류 생산량도 많지가 않았다.

[현재 전류 공급량: 1308억 일렉트론.]

-크하아악, 하악!

번개 기둥 속에서 거칠게 숨을 내뿜었다.

14층을 뒤집는 공사를 끝냈다.

마침내 약한 마물들이 이너레인을 달리게 됐고, 강한 마물들이 바깥 레인을 달리게 됐다.

금세 상황이 뒤바뀔 수도 있었다. 강한 마물들이 다시 안으로 이동하면 끝이었으니.

그래서 먼 곳에서 힘겹게 2위를 끌어왔다.

-2위. 정신없겠지만 잘 듣거라.

"14층의 주인이시여! 이게 대체 무슨 일입니까!"

-이것이 내가 새로 정한 14층의 구조다. 약한 마물일수록 편하게 안쪽 트랙을 달리며 성장할 것이다. 강하고 빠른 마물일수록 더 긴 트랙을 달릴 것이야.

"무슨 생각이신지 모르겠지만, 일단 따르겠습니다!"

-이 구조를 서열로 유지할지, 아니면 전의 구조로 돌아

갈 지는 네 선택이다. 나는 그저 보여주고 가는 것이니, 한 번 지켜보며 생각해보도록!

"명심 하겠나이다!"

—혹여 유지하겠다고 결정하면, 약한 마물들을 이용해 겹 겹의 체인러너를 결성하면 될 것이다.

"조언 감사합니다!"

2위의 심중을 내가 알 턱이 없었다.

허나 나는 원하는 것을 모두 이루었다.

[퀘스트 완료! 뫼비우스 주사위를 습득했습니다.]

[뫼비우스 주사위 – 다차원 주사위로서 다음 층 서열을 무작위로 결정합니다. 뫼비우스 초끈의 숙련도가 높을수록 높은 서열이 선택될 확률이 높아집니다.]

매 번 밑바닥에서 시작하는 게 답답했는데 잘 됐다. 적어 도 이제 무조건 밑바닥에서 시작하는 건 아닐 테니까.

[퀘스트 완료! 추종자와 함께 신분상승할 수 있게 됩니 다.]

—그럼 잘 관리하도록!

신분상승을 선택하기 전 짧게 고민했다.

뫼비우스 초끈은 왜 잠시나마 전류 공급량을 낮추라고 했을까.

이번에야 말로 분명한 의도가 있었다.

마치 던전을 잠시나마 정전시키려는 것처럼 느껴졌다. 내가 스위치를 내리는 역할을 했을 테고.

8000억과 2000억이면 분명히 엄청난 차이였다.

던전의 기능들이 정전에 가깝게 정지됐을 가능성이 컸다.

쿠르르르.

던전이 잠시 흔들리는 게 느껴졌다.

[14층 관리의 소임을 다하지 못했음으로 당신을 폐기합니다.]

위층에서 캡슐이 하강해 오는 게 느껴졌다.

나를 잡으러 오는 것이다. 잘못하면 뫼비우스 초끈을 들킬 수도 있다. 당연히, 폐기 당하면 난 재생성 되지 않고 그대로 끝이었다.

위층으로 올라가 무작위로 서열을 받으면 날 추적하지 못할 거다.

최고의 도주였다.

[신분상승 선택.]

이번에 의식이 눈을 뜬 곳은 15층이 아니었다.

뫼비우스 주사위를 습득했기 때문인지, 심연 속에서 눈을 뜨게 됐다.

과연 까마득한 심연 속엔 주황색으로 빛나는 다차원 주사위가 있었다.

면이 정해져 있는 게 아니라, 꿀렁거리며 수 없이 많은

면과 부피들을 드러냈다.

[뫼비우스 주사위를 굴리시겠습니까.]

긍정의 의지를 보냈다.

그러자 내 쪽에서 뫼비우스 초끈이 흘러나와 빠르게 뫼비우스 주사위로 날아갔다.

우웅.

그리곤 세차게 뫼비우스 주사위를 후려쳤다.

그 결과 다차원 주사위는 심하게 흔들리며 점점 차원과 면이 단순화되기 시작했다.

콰지지직!

끝내는 36면체에서 12면체로, 다음은 6면체에서 2D의 면으로 줄어들었다.

끝내는 점이 됐다.

[무작위 서열 픽 완료. 15층에서 당신은 10만 393위의 서열로 시작하게 됩니다.]

―올라 와라!

주사위가 굴려진 직후 누군가의 음성을 들었다.

내내 뫼비우스 초끈이 속삭이는 목소리와는 완전히 다른 느낌이었다.

그렇다고 던전의 속삭임도 아니었다.

뭘까.

심연에서 벗어나며 귀를 기울여보았지만 다시 들리지 않았다.

이번엔 아예 앞 서열에서 시작한다.

10만 393위. 엄청 높진 않았지만 억대 서열에 비하면 끝도 없이 멀고 높은 서열이었다.

"불룩."

15층에서 눈을 떴다.

뜨거운 열기가 느껴졌다.

❖

곧바로 알 수 있었다.

14층이 전력 발전소였다면 15층은 화력 발전소였다. 그에 따라 15층 마물들은 화기에 특화된 육신을 가지고 있었다.

"불룩."

나도 마찬가지였다.

이번엔 서열이 10만 393위라 시작하자마자 눈높이나 덩치가 나쁘지 않았다. 그만큼 어느 정도 육신이 발달돼 있었다.

일일이 자연 각성에 기대지 않아도 됐다.

딱, 딱!

왼 손에는 집게손이 달려 있었다.

휘리릭.

오른 손에는 탄력이 뛰어난 촉수 다발이 대롱거렸다.

신경을 뻗어보니 손가락 못지않게 세심한 조종이 가능했다.

힘을 주면 채찍처럼 딱딱해졌다.

"볼록. 이상하네."

집게손과 촉수 다발만 해도 매우 이질적인 감각이었다. 왼 손은 손가락이 두 개인 기분이었고, 오른 손은 손가락이 수십 개인 기분이었다.

"블레렉."

그것에 그치지 않고 다리가 6개였다. 하나하나마다 개별적인 감각이 전달됐다.

온 몸이 간지러운 기분이다.

신경이 곳곳에 뻗어있으니 한꺼번에 제어하기가 쉽지 않다.

다다닥.

좌우는 물론 어느 방향으로도 자유롭게 걸어갈 수 있었다.

타다다닥.

관절 탄력이 나쁘지 않아서 원하면 달릴 수도 있었다. 여러모로 위 서열에서 시작하니 참 좋다.

전반적으로, 15층 마물들은 게를 닮아있었다. 단지 게에 비해선 훨씬 특별한 육체였다.

일단 덩치가 무지막지했고. 당장 나만 해도 서열이 10만대라 웬만한 자동차 크기였다.

"어서 계속해라! 불루룩. 다리를 확 잘라버릴까 보다!"

"불루룩! 죄송합니다! 촉수들이 피곤해서 잠시 쉬었습니다!"

"내가 알게 뭐야!"

15층 마물들은 안이 텅 빈 동상을 만들고 있었다. 그도 그럴 것이 15층에는 다양한 암석들이 가득했다.

그에 따라 동상은 부위 별로 다른 종류의 암석을 품고 있었다. 색상 뿐 아니라 재질이나 특성들도 모두 달라보였다.

동상의 형상은 기괴한 15층 마물의 모습이었다. 우월자의 모습인 듯, 여타 마물들보단 좀 더 화려하고 날카로운 모습이었다.

"불룩, 불룩."

딱! 딱딱!

마물들은 집게손이나 돌칼을 이용해 동상을 만들고 있었다.

그리고 그 옆에선 수십 마리의 마물들이 텅 빈 동상 안에 쓰레기를 채워 넣고 있었다.

굳이 동상을 세우고 그 안에 쓰레기를 채우는 이유가 뭘까.

"불룩, 이상하네."

일단 지켜보기 위해 묵묵히 멀리서 구경을 했다.

동상은 빠르게 완성되어 갔다.

마물들은 집게손 악력이 상당히 강해서, 크고 단단한

동상을 금세 완성해나갔다.

"어서 채워라! 시간이 없어!"

"배가 고프단 말이다! 어서 일해!"

큰 마물들이 약하고 작은 마물들을 채찍질 했다.

대체 뭘 하는 걸까.

약한 마물들은 다리를 후들거리면서도 자신의 덩치만한 쓰레기를 동상 안으로 던져 넣었다.

물론 동상 주변에는 계단이 둘러져 있었다. 작은 마물들이 높디높은 동상을 오를 수 있게 하기 위함이었다.

"불루룩, 거의 다 찼다!"

"불을 붙여라!"

"불라락! 도망가라!"

"불룩! 불룩!"

마물들이 갑작스레 호들갑을 떨었다.

그러면서 순식간에 동상으로부터 도망치기 시작했다. 나도 슬그머니 뒷걸음질을 쳤다.

도망가는 데는 다 이유가 있겠지.

"콰아아아!"

"콰라아아아!"

오로지 가장 큰 마물들만 남아서 동상의 밑단에 불을 뿜었다.

"크와아아!"

역시 15층 마물답다. 그냥 집게손과 촉수 정도를 가진 줄 알았는데, 입에서 불을 뿜는다.

"크롸아아아!"

나도 마찬가지였다.

목 안에서 울컥하는 감각을 끌어올리자 불이 뿜어져 나
왔다.

장난 아닌데. 15층이 화력 발전소일 가능성이 더더욱 높
아졌다. 어느 수준 이상의 마물들은 다 화염 방사가 가능했
다.

"됐다! 다 익었어!"

"도망가라!"

"조만간이다! 불라락!"

큰 마물들이 한껏 동상을 달구더니 재빨리 도망치기 시
작했다.

동상은 한껏 달아올라 진동하는 모습이었다.

설마 곧 터지는 건가.

"불라락! 늘 이런 식이지!"

"이래서 쓰레기 채우는 일은 거지같아! 나도 동상을 깎
을 만큼 집게손이 크고 단단했더라면!"

"불라라락! 젠장! 도망가기엔 늦었어!"

"빨리 수그리란 말이야!"

큰 마물들이 모두 도망을 쳤음에도, 약한 마물들은 달리
는 속도가 느려 추월당하고 말았다. 약한 마물들은 여전히
동상과 가까웠다.

쿠르르르르.

동상이 달아오르며 흔들리기 시작했다. 그리곤 마침내 완전히 윗부분까지 철저히 붉어졌다.

꽈과광!

멀찍이서 엄청난 폭발을 구경했다.

불 구름이 피어오르며 매캐한 연기를 뿜었다.

동상은 가루가 되어 온 사방에 흩어졌다. 뜨거운 열기가 내가 있는 곳까지 뿜어졌다.

"불라라락! 위대한 15층의 태양을 위하여!"

"15층의 뜨거운 번영을 위하여!"

15층 마물들이 일제히 집게손을 치켜들고 폭발을 환영했다.

일종의 의식 같았다.

사아아아아.

폭발이 끝이 아니었다.

폭발은 주홍색의 굵은 기운들을 뿜어냈는데, 그 기운들은 하나 같이 한 곳으로 향했다.

스륵, 스륵!

주홍색 기운들이 일제히 15층의 중앙으로 날아갔다.

"불라락…"

감탄을 내뱉었다. 자세히 보니 그곳에는 작은 태양이 떠 있었다. 그곳으로 폭발의 정제된 에너지가 스며드는 것이었다.

워낙 15층엔 붉은 기운과 매캐한 연기가 가득해 미처 자세히 보지 못했다. 동상에 정신이 팔리기도 했고.

콸콸콸!

안에 넣어 놓았던 쓰레기들은, 단번에 폐기물로 녹아내려 아래층으로 향했다.

저런 식으로 만들어진 폐기물이었구나.

어쩐지. 아래층에서 봤을 때, 폐기물들이 전부 질기나마 액체의 형태를 띠고 있었다. 왜 고체 폐기물은 없을까 문득 생각하곤 했었지.

여유가 없어서 더 깊이 생각하진 못했었지만.

이곳에서 열에 의해 녹아서 밑으로 내려가는 거였구나.

털칵, 털칵!

"불라락! 살았다!"

"잘못하면 갑각이 버티지 못하고 녹을 뻔 했어! 불락!"

죽은 줄 알았던 약한 마물들의 목소리가 들렸다.

자세히 보니 분명 그들은 살아 있었다.

보아하니 손발을 접어 몸통에 딱 붙인 것 같았다. 15층 마물들은 몸을 접으면 온 몸을 철저히 갑각으로 보호할 수 있었다.

심지어 폭발에 노출되어도 살 정도였다.

일종의 걸어 다니는 벙커 같은 존재들이었다.

치이이익.

그래서 생존할 수 있었던 거구나.

생존한 마물들의 장갑에서 한껏 김이 뿜어져 나왔다.

"어이! 넌 뭐하는 거야!"

"불락? 나 말인가?"

"그래! 15층에선 게으른 자는 구워 먹어 버린다! 빨리 너도 동상 건설에 기여하라고! 확 동상에 넣어서 같이 터뜨려 버리기 전에!"

열기가 가득한 층답게 웬만한 마물들은 호기롭거나 성질이 더러웠다.

"그러지."

일단은 흐름에 따르기로 했다.

나를 닦달했던 비슷한 덩치의 마물을 따랐다.

"암석을 모아라! 잠시 휴식한 뒤 다시 동상을 지을 것이다! 모두 내 밑으로 모여!"

"불라락! 바로 또 시작하다니! 너무한다!"

"불만 있으면 굶던가!"

"불라락! 제기랄! 그럴 수도 없잖아!"

"태양에 가까이 가서 햇살을 쬐어 보고 싶다!"

"불라라락!"

마물들이 분주히 움직이기 시작했다.

처음엔 감독관으로 보이는 마물의 명령대로, 주변에서 다양한 암석을 모아오는 줄 알았다.

휘리리릭!

허나 마물들은 촉수를 길게 뻗어 폐기물을 뒤지고 있었다.

하나둘도 아니고 모든 마물들이 일제히 그런 행동을 했다.

"불렉! 그래! 뭐, 먹고 살자고 하는 짓이니! 에라이!"

감독관 역시 촉수를 뻗어 폐기물의 강을 뒤적거렸다. 다들 대체 뭐하는 걸까. 이번에도 지켜보기로 했다.

"불라락! 찾았다."

"불락."

하나 둘 마물들이 폐기물의 강에서 촉수를 꺼내들었다. 그들의 촉수엔 작고 주홍빛을 띠는 구슬이 붙들려 있었다.

마물들은 망설임 없이 구슬을 입으로 가져갔다.

우웅.

주홍 구슬을 삼킨 마물들은 일시적으로 몸이 붉게 빛났다. 그러면서 매우 만족스런 표정을 지었다.

"불라락! 이 맛이지!"

"바로 이거야!"

"불렉! 난 왜 못 찾는 거야! 내가 퍼 나른 쓰레기가 얼만데!"

마물들은 아직도 아래층으로 쏟아져 내려가는 폐기물을 뒤적거렸다.

타다다닥.

나도 기회를 놓칠 수 없어 폐기물에 촉수를 집어넣었다. 복잡한 촉수 감각을 움직여 꾸덕거리는 폐기물을 뒤졌다.

"불락!"

뭔가 딱딱하고 따듯한 게 잡혔다.

나는 얼른 촉수를 꺼내들었다. 다행히도 촉수는 단단하게 주홍 구슬을 쥐고 있었다.

"불룩!"

망설임 없이 주홍 구슬을 삼켜 넘겼다.

"불라라락!"

-레벨 업!

[카몬 - 15층 - 9만 9221위.]

온 몸이 따듯하게 달궈지는 게 느껴졌다. 내 몸도 잠깐 붉어졌다가 다시 식었다. 왜 마물들이 미친 듯이 주홍 구슬을 찾는지 알겠다.

단순히 좋은 맛이라기 보단, 포션에 가까울 정도로 즐거운 효과가 동반됐다.

휘리릭.

나는 멈추지 않고 촉수를 움직였다.

하나라도 더 주홍 구슬을 먹고 싶었다.

일단 15층에서 성장하는 수단 중 하나는 주홍 구슬이었다.

"불레렉!"

"불룩! 불룩!"

한참이나 폐기물을 뒤적거리던 마물들이 잠잠해졌다.

폐기물이 전부 아래로 쏟아져 더 이상 주홍 구슬을 얻어낼 기회가 없어진 것이다.

왜 아래층에서 폐기물을 접했을 땐 주홍 구슬을 보지 못했을까.

아래층으로 내려가며 급격히 상하거나 분해된 것일 테다. 폭발의 여파로 잠시 동안 존재하는 에너지원 같은 건가.

난 주홍구슬을 총 3개 먹을 수 있었다.

"불라락! 다시 움직여!"

"빨리 암석을 모아오란 말이다!"

"크롸아아! 움직여라!"

단체 식사가 끝나자, 큰 마물들이 다시 채찍질을 하며 약한 마물들을 채근했다.

그래도 식사 때 방해하지 않은 게 그나마 다행이다.

자신이 너무 몰입해 그러지 못한 것이려나.

"불라락. 식사하자마자 또 일을 해야 한다니!"

"이번 동상은 좀 더 크게 만들 것이다! 태양에 더 뜨겁게 기여하고, 더 많은 마물들을 먹여 살릴 것이다!"

"불렉. 다 지 좋으려고 하는 짓이지."

철썩!

"움직여!"

큰 마물이 투덜거리는 마물들에게 촉수를 휘둘렀다.

실제적인 피해를 입히진 못했지만, 감각을 울리는 충격 때문에 분명 불쾌한 경험이긴 할 것이다.

콰직.

마물들은 투덜거리면서도 순순히 돌을 모으기 시작했다.

[퀘스트: 동상 건설에 참여하라. 완성 및 폭발까지 맡은 바 소임을 다하라. 보상: 추가 레벨 업.]

"너! 너도 움직여! 너는 우리랑 같이 동상을 깎는다."

"불락. 그러지. 근데 네가 왜 이 많은 마물들을 감독하는 거지? 뭐가 잘났다고 동상을 지어라 마라 하는 거야."

얼핏 보기엔 별로 결속력 없는 무리였다.

동상을 지을 때만큼은 하나가 됐지만, 전반적으로 보면 채찍질에 쫓겨서 일을 하는 것이었다.

게다가 감독관 역할을 하는 마물은, 리더로 인정받기 보단 일방적으로 마물들에게 명령을 내리고 있었다.

그에 따라 마물들은 투덜거리며 따르긴 해도, 감독관 마물을 존경하거나 좋아하진 않았다.

게다가 감독관 마물은 딱히 특별한 것도 없어 보이는 마물이었다. 유독 크거나 하지도 않았다.

"불라라락! 멍청한 놈! 다른 곳에서 굴러먹다 이제 여기로 온 것인가? 나는 태양에게 선택 받은 몸이니라! 콰아아!"

갑자기 감독관 마물이 불을 뿜었다.

나는 급히 몸을 옆으로 움직여 뿜어지는 불을 피했다.

"불라락! 겁까지 많기는! 이 정도 불론 죽지 않는다. 단지, 이 불에서 나온 존재에겐 죽을 수 있지!"

감독관 마물은 단순히 불을 뿜은 게 아니었다.

화르륵!

그가 뿜은 불이 형상으로 맺혀 숨을 내뱉었다. 감독관 마물은 소환체를 불러낸 것이다.

태양에게 선택 받았다는 게 저 말이구나.

감독관 마물이 뭘 믿고 다른 마물들을 부려먹었는지 알게 됐다.

그 아래에 있는 비슷한 덩치의 마물들도 결국엔 힘 때문에 감독관 마물의 말을 따르는 것이었다. 사실 상 채찍질을 하다 불을 뿜는 정도니 그들에겐 어려운 역할이 아니겠지.

"불라락! 파이어 엔리멘탈이니라. 태양에게 선택 받은 자만 가질 수 있는 힘이지."

파이어 엔리멘탈은 상반신만 떠 있는 인간의 모습을 하고 있었다. 15층에서 보기엔 의외인 형상이었다.

강건하게 쥔 두 주먹에선 용암 같은 질감의 에너지가 감돌고 있었다.

-그우웅.

"한 번 으깨져보겠느냐? 그래야 내 명령에 따를 것이야?"

감독관 마물은 한껏 의기양양해진 모습이었다.

당장 파이어 엔리멘탈과 싸우는 건 무모한 짓 같았다.

감독관 마물의 태도를 봐선 십중팔구 내가 당할 거 같았다. 괜한 자신감은 아닌 듯 했다.

"미안하다. 내가 눈치가 없었군. 다시 일하러 가겠다! 큰 동상을 지어야지?"

"불라라락! 이제야 주제파악을 했나 보군. 물론이다! 태양을 위해 열심히 일하는 게 우리 소명이다. 게다가 넌, 보아하니 채찍질만 해도 될 덩치인데. 뭐가 불만이야?"

"그래. 그래도 난 더 직접적인 일을 하겠다. 그게 집게 손맛이 좋아."

"그러던가."

콰아아아.

감독관 마물이 입을 벌려 파이어 엔리멘탈을 거두었다.

강력함을 뿜어내던 파이어 엔리멘탈은 그대로 감독관 마물의 입속으로 빨려 들어갔다.

[능력 흡수. 대상: 타겟.]

사아아아.

"불룩?"

[능력 흡수 완료! 암석 판별의 눈 A-급.]

[능력 흡수 완료! 파이어 엔리멘탈 소환 B-급.]

[능력 흡수 완료! 불타는 집게손 C급.]

감독관 마물의 능력을 흡수했다.

이제 나는 태양에게 선택을 받지 않고도 파이어 엔리멘탈을 소환할 수 있게 됐다.

"이상하군."

능력을 흡수당한 감독관 마물이 잠시 의아해하다가 다시
제 갈 길을 갔다.

"어서 암석을 모아와라! 어서!"

철썩!

큰 마물들이 약한 마물들에게 채찍질을 했다.

그러면 약한 마물들은 얼른 주변으로 퍼져 거대한 바위
산에서 조금씩 암석을 캐왔다.

"그 돌은 거기에 쌓아라! 거기! 더 어두운 돌은 여기에 쌓
으라고!"

전에 폭발한 동상은 제법 완성도가 있었다.

보아하니 특수한 공식에 의해 만들어지는 동상 같았다.
폭발하기 위하여 만들어지는 동상다웠다.

안타깝게도 능력 흡수론 동상 건설 지식을 얻을 수 없었
다.

말 그대로 능력 흡수지 지식 흡수가 아니니.

그래도 암석 판별의 능력은 터득했다.

"불라라락. 그렇군."

암석 판별의 눈 덕분에 비슷해 보이는 암석 간의 차이도
확인할 수 있었다.

분명 암석마다 특성과 강도가 달랐다.

가장 중요한 암석은 다크록〈Dark Rock〉이었다. 바로
화약과 비슷한 역할을 하는 암석이었다.

물론 증폭제나 여러 촉매제 역할을 하는 암석들도 많았
다.

하지만 역시 가장 중요한 건 다크록이었다.

철썩!

"움직이란 말야! 넌 왜 다른 놈들보다 옮기는 양이 적
어?"

"불렉. 아까 폭발에 노출되어서 많이 어지럽습니다! 웅
크려서 겨우 버렸어요!"

"알 게 뭐야! 굶기 싫으면 어서 암석을 옮겨라! 아직 틀을
만들지 못했잖아! 계속 게으름 피면 감독관님에게 말하겠
다!"

"불렉, 알겠습니다. 그러진 말아주십시오."

쭉 보니, 역시 다른 큰 마물들은 파이어 엔리멘탈을 소환
할 수 없었다.

오로지 감독관 마물만 가능한 듯 했다.

그래서 큰 마물들은 오로지 약한 마물들에게 위협만 가
할 수 있었다.

실질적인 피해는 주지 못하는 듯 했다. 그저 감각을 촉수
로 채찍질해 흔드는 정도였다.

"저기."

"네? 왜 그러시죠?"

나도 암석을 나르며 옆의 작은 마물에게 물었다.

"태양에게 선택 받았다는 게 무슨 말입니까?"

소환 능력을 가진다는 뜻인 건 알겠다. 하지만 좀 더 구체적인 의미를 알고 싶었다.

"말 그대로 태양에게 선택 받았다는 거죠. 동상 세우는 일을 앞장서서 이끌어야할 책임과 권리를 부여 받습니다."

"왜 동상 세우는 게 그리 중요한가요?"

내 말에 작은 마물이 고개를 갸우뚱거렸다.

"그야 그게 우리가 태양에게 기여할 유일한 방법이니까 그렇죠!"

"꼭 동상을 세워야만 합니까?"

"당연하죠. 그게 바로 태양의 명령입니다. 동상을 통한 폭발만이 허용됩니다. 아니면 태양에 대한 모독이죠."

"그렇군요."

듣자하니 15층 마물들은 동상과 폭발에 대해 공통적인 가치관을 가지고 있었다.

반드시 동상을 통해 폭발을 일으켜야 한다는 것.

그리고 태양에 대한 존경심.

분명 기능적으로 보면 쓰레기를 폐기물로 전환해야 되니 맞아떨어지는 얘기였다.

"그럼 이렇게 채찍을 맞아가면서도 일을 하는 건 아까 그 파이어 엘리멘탈이 두려워서 입니까?"

내 말에 작은 마물이 살짝 성질을 냈다.

"불렉! 아니면 뭐겠습니까? 식사를 하려면 어차피 폭발이 필요하잖아요. 자꾸 당연한 걸 물어보네. 저보다 덩치도 크면서 왜 그렇게 몰라요?"

"다른 마물들은 어떤가 확인해보고 싶어서요."

"당연한 게 당연한 거지. 불렉. 진짜 압도적으로 덩치가 커서 집게로 갑각을 자르는 게 아닌 이상, 여기 마물이 다른 마물을 죽일 방법은 없어요. 그니까 당신도 나 귀찮게 하지 마요."

"몸을 웅크리면 되니까?"

"불라락. 예. 그걸 게집이라 부르잖습니까. 하지만 파이어 엔리멘탈은 다르죠."

"그렇게 강한가."

내 말에 귀찮아하던 작은 마물이 이번엔 진짜로 두려운 기색을 드러냈다.

파이어 엔리멘탈을 떠올리면 곧장 죽음이 생각나나 보다.

그의 말에 의하면, 15층 마물끼린 서로 쉽게 죽일 수 없는 듯 했다. 서열 차가 압도적이거나 파이어 엔리멘탈을 소환할 수 있는 게 아니면.

"당연하죠. 불레엑. 한 번 멀찍이서 본 적이 있습니다. 파이어 엔리멘탈이 우리 동족을 으깨고 녹여버리는 걸."

그 말을 하고 작은 마물은 다리를 후들거리며 다른 곳으로 가버렸다.

서로 쉽게 죽일 수 없는 층이라.

그럼에도 파이어 엔리멘탈은 15층 마물에게 확실한 상성을 가지고 있었다.

나를 제외하곤, 오로지 태양에게 선택받은 자만 소환이 가능했고.

털컥.

"불라락."

암석을 집게손으로 캐내며 생각했다.

그렇다면 14층처럼 태양 속엔 초월자가 숨어 있으려나.

14층과 달리 15층은 자율적인 생태계였다. 트랙을 일부러 달린다거나 하지 않아도 됐다.

그렇다면 자율적인 마물을 통제하고 움직일 수단이 필요할 테였다. 그래야 화력 발전이 될 테니까. 그게 바로 강력한 소환 능력인 듯 했다.

태양에게 선택 받은 자들이 동상을 세워 화력 에너지를 태양에 보내도록 유도하는 거 같다.

[불타는 집게손 선택.]

치이이익.

감독관 마물에게 훔친 능력 중 하나를 활성화시켰다. 그러자 왼쪽 집게손이 붉게 달아올랐다.

스으으윽.

암석에 달아오른 집게손을 가져다대자 암석이 부드럽게 녹아들어갔다.

이러면 보통 집게손보다 훨씬 암석 다듬기가 편할 테지.

웬만한 갑각은 쉽게 녹여 버릴 테다.

태양은 정말 추종자들에게 확실한 힘을 준 거 같다. 소환술 뿐만이 아니라니.

"불렉."

이런 유용한 능력을 가지고도 감독관 마물은 아직도 말로만 마물들에게 일을 시켰다.

심지어 채찍질을 하며 돌아다니지도 않았다.

그저 어슬렁거리며 명령만 할 뿐이었다.

태양에게 선택 받은 자의 특권인가.

"자! 이제 동상을 세울 것이다! 충분한 양의 암석이 모였다!"

"너희들! 너희는 나와 지지 구조를 세운다!"

"너희 다섯! 너희는 나와 동상에 얹을 연결 구조를 만든다!"

지금이 바로 동상 만드는 지식을 터득할 기회였다.

어떤 암석이 어떤 부위에 배치되는지 아니까, 한 번 보고도 빠르게 배울 수 있을 것이다.

앞으로는 제한적이나마 혼자서도 동상을 세울 수 있을 테지.

당연히 이곳이 동상을 세우는 유일한 곳은 아니었다.

15층 곳곳에서, 태양에게 선택 받은 자들이 감독관 역할을 하며 동상을 세우고 있을 것이다. 수없이 많은 마물들을 부려먹으며.

달텅도 어딘가에 붙잡혀 있으려나.

"계속 움직여! 더 빨리 깎아!"

철썩!

"거기 지지대가 너무 둔하잖아! 제대로 하란 말이야! 몇 번째인데 이렇게 못 알아먹어!"

"불레렉. 에라이. 더러워서 못 해먹겠네."

큰 마물들이 계속해서 약한 마물을 닦달했다.

쉬는 시간이나 자비 따윈 없었다.

약한 마물들은 명령에 따르면서도 대놓고 투덜거렸다.

이번엔 이해가 됐다.

어차피 파이어 엔리멘탈이 아니면 서로를 죽이기가 쉽지 않았다. 그저 감독관 마물이 정해준 구조 때문에 명령에 따르는 것이었다.

트르륵.

나도 불타는 집게손을 숨기고 일반 집게손으로 동상을 다듬었다.

"불락. 불락."

동상의 구조를 열심히 파악했다.

"어이, 거기! 너는 왜 직접 일을 하고 있어? 네 덩치면 그러지 않아도 돼."

암묵적으로 덩치 큰 마물들은 채찍질만 하며 부감독 역할을 했다. 직접 일을 하진 않았다.

"불락. 나는 직접 일하는 게 좋아서. 그래야 태양에게 더 열심히 기여하는 거 같아서!"

"불라락. 웃기는구나. 더 고생하는 게 뭐가 더 기여하는
거야. 그냥 폭발시키기만 하면 다 같은 거지."

비슷한 덩치의 마물이 한껏 비웃곤 다른 곳으로 이동했
다.

내게는 서열이 비슷해서 그런지 채찍질을 하지 않았
다.

"저기요."

"왜 그러십니까."

이번엔 다른 마물에게 말을 걸었다.

"만약 동상을 세우지 않고 폭발을 일으키면 어떻게 됩니
까? 태양에 대한 모독이라던데."

내 말에 마물이 놀란 표정을 지었다. 작지만 선명한 눈알
이 대로록 굴러가는 모습이었다.

"큰일이지요! 태양의 공적이 되는 겁니다. 게다가 폭발
은 아무나 일으키는 게 아닙니다. 태양이 어떻게 동상을 만
들어주는지 알려줘야 해요. 하긴. 동상 없이는 폭발도 없
죠."

"불라락. 알겠습니다."

"그나저나 큰데도 직접 집게손을 움직이시네요. 아까 감
독관님에게 밉보이신 분인가."

"그렇게 됐습니다."

나는 내가 원해서 직접 작업에 참여하는 것이었다.

쭉 보니 분명 동상은 특정 메커니즘을 품고 있었다. 다크 록으로부터 폭발이 시작돼, 몸통 부분에서 증폭되고 팔다리 부분에서 제어되고 통제됐다.

그래서 동상이 완전히 가루로 흩어지는 것이었다. 폭발도 불 구름을 뿜는 정제된 형태였고.

"불락."

곧장 알 수 있었다.

동상이 아니어도 폭발을 일으킬 수 있다는 것.

단지 태양이라는 존재가 그걸 문화적으로 금지시켰다고 한다.

어찌나 공공연한 문화로 만들었는지, 작은 마물에게 물어도 상식처럼 알고 있는 사안이었다.

"불락. 꼭 따를 필요 없지."

나는 동상을 짓는 내내 성장하지 못했다.

성장의 계기가 되는 주홍구슬이 없었으므로.

물론 쭉 동상 건설에 참여하다, 폭발 후에 주홍 구슬을 먹으면 되긴 한다.

적어도 이번 당장은 그럴 생각이다.

"이제 다리 구조를 몸체에 붙이도록 한다! 철저히 명령에 따라라!"

"하나라도 구조를 놓쳐서 깨트리면 용서치 않을 것이다! 꼭 붙들고 옮겨! 거기, 쳐졌잖아!"

"일제히 움직여!"

그 외에도 난 파이어 엔리멘탈 소환 능력을 얻었다. 그러면 다른 곳으로 가 태양에게 선택 받은 자 행세를 할 수 있었다.

내가 앞장서서 동상을 세울 수도 있는 것이다. 그리 되면 문화적으로 지탄을 받지 않고 비교적 더 빠르게 주홍 구슬을 얻을 수 있을 테지.

털커턱! 쿠궁!

"좋아! 계속 밀어붙여라! 우리가 접붙일 것이다."

"적절하게 붙은 거 같다! 접합 시켜라!"

"콰롸아아아!"

큰 마물들이 이제야 나서서 일을 했다. 작은 마물들이 한껏 깎고 만든 동상 부위를 접붙여 그곳에 불을 뿜었다.

전반적으로 15층 암석은 불에 쉽게 반응했다. 그래서 작은 암석들을 모아서 큰 조각을 만들 수 있었다.

"좀 더 강하게 이어 붙여!"

"콰아아아아!"

동상이 완성되는 걸 보며 결정했다.

앞으로 나는 동상을 만들지 않기로.

철저히 효율성을 따라야겠다.

물론 들키지 않게 조심해야겠지. 쭉 들키지 않는 건 불가능에 가까울 거 같긴 하지만.

"좋아! 불라라락! 이제 쓰레기를 채워 넣는다!"

"움직여! 움직이란 말야!"

철썩!

"저렇게 쓰레기가 많이 쏟아져 내리잖아! 빨리 가져와서 채워!"

끝내 계단 구조까지 동상에 붙여졌다.

그럼에도 큰 마물들은 다시 채찍질만 하며 쓰레기 모으는 걸 돕지 않았다.

"불렉."

저들만 움직여도 모든 과정이 더 빨라질 텐데.

나는 더더욱 결정을 확실 시 했다.

나는 15층 마물이 아니다.

잠시 그 그릇을 입고 있는 것뿐이다.

고로 그들의 비효율적인 문화 따위, 따를 생각이 없다.

그저 빠른 신분상승에만 집중할 것이다.

일단 동상이 완성될 때까진 순순히 작업에 참여했다.

되레 왜 직접 일을 하냐며 여러 번 큰 마물들이 물어왔다. 감독관 마물에게 밉보였다고 하는 게 제일 편한 변명이었다.

"불락."

확실히 숙지했다.

이젠 나 혼자서도 동상을 만들 수 있었다.

동상을 만들 줄 알면, 동상이 아니어도 어떻게 폭발을 일으키는 지 알 수 있었다.

막무가내로 다크록에 불을 붙이면 제어되지 않은 폭발이 일어날 터였다.

그리 되면 주홍구슬이 나오지 않을 확률이 높았다. 게집을 만들기 전에 폭발에 노출될 수도 있었고.

"거의 다 됐다!"

철썩!

"끝까지 성실하게 채워 넣으란 말이다!"

"어서 움직여!"

잠시 후 동상에 쓰레기가 가득 채워졌다.

쓰레기 채우는 작업에는 참여하지 않았다. 굳이 얻을 게 없었기에.

멀찍이서 대충 촉수를 휘두르며 다른 큰 마물들을 흉내 냈다.

"되었다! 이제 다시 불을 붙여!"

"이번 동상은 웬지 더 곡선이 부드러운걸!"

"불라락! 불을 붙여라!"

"콰아아아아!"

큰 마물들이 들러붙어 동상 밑단에 불을 뿜었다.

역시나 곧장 다크록에 불을 붙이는 게 아니었다.

다른 종류의 암석을 달궈서 다크록을 자극하는 것이었다. 이제는 그런 요소들이 보인다.

불의 온도를 곧장 다크록에 전달하면 안 되는구나.

"도망쳐라!"

"도망쳐!"

"불레에엑!"

동상이 달아오르자 마물들이 도망을 쳤다. 이번에도 작은 마물들은 제 때 도망치지 못하고 게집을 만들었다.

"불락!"

"불렉!"

쿠르르르.

동상이 심히 흔들리더니 끝내 붉게 달아올랐다.

전과 다르다.

모르고 보는 것과 알고 보는 것의 차이였다.

이젠 어떤 과정과 자극을 통해 저런 모습이 나오는 지 알 수 있었다. 크기만 커 보이는 동상이었음에도, 꽤 복잡한 과정을 거쳐야 했다.

그래서 태양이 그토록 정제된 폭발을 독점할 수 있었던 거 같다.

소환 능력과 불타는 집게손. 그리고 상징적인 동상에 숨겨진 복잡한 메커니즘. 이 정도라면 14층에 비해 자율적인 15층을 장악하기에 충분한 듯 했다.

꽈과과광!

"15층에 따뜻한 햇살이 번지길!"

"태양을 위하여!"

"폭발의 건강한 화염을 위하여!"

마물들이 일제히 집게손을 치켜들고 환호했다.

나 역시 튀지 않기 위해 건성으로 집게손을 들었다.

쾈쾈쾈!

전과 마찬가지였다. 주홍 기운이 뿜어져 나와 태양으로
스며져 들어갔다.

태양이 천장에 붙어 있는 걸 보니, 분명 던전과 직접 연
결돼 있었다. 화력 에너지를 어딘가로 전달하나 보다.

"불라라락!"

"불락! 식사 시간이다!"

"이 놈들아! 쳐 먹을 생각만 말고 열심히 일하라고!"

아무리 힘을 가진 감독관 마물이라도, 식사까지 방해하
진 않았다.

마물들은 열심히 폐기물의 강을 뒤적거리기 시작했다.
큰 마물이든 작은 마물이든, 잔뜩 몰입하여 촉수를 움직였
다.

다다닥.

"불락."

나는 곧장 폐기물의 강으로 향하지 않았다.

대신 불타는 집게손을 띄워 암석을 깎았다.

그리곤 촉수로 잡을 만한 크기의 그물망을 만들었다.

"불락."

"불렉. 그건 뭐야. 다음 동상에 쓸 부품인가."

"몰라도 돼."

다른 마물들은 원시적으로 주홍 구슬을 찾아 먹었다.

아무리 촉수가 손가락만큼 세심한 조종이 가능해도, 흐르는 폐기물 속에서 주홍 구슬을 찾는 건 쉽지 않았다.

촤르르, 척!

나는 그물을 이용해 폐기물 중에서 주홍 구슬을 떠냈다.

"불라락!"

-레벨 업!

과연 적잖은 주홍 구슬을 찾아 먹을 수 있었다. 전과 달리 총 8개를 찾아 먹었다.

열심히 일한 만큼 충분한 대가를 받았다.

[카몬 - 15층 - 7만 1192위.]

온 몸이 수차례 붉어지며 즐거운 따듯함을 누렸다. 하지만 잠깐 뿐이었다.

폐기물이 전부 아래층으로 쏟아지자, 감독관 마물이 다시 소리를 질렀다.

저 놈은 지치지도 않나 보군.

하기사. 하는 일도 없다시피 하니까.

"다시 움직여라! 이번엔 좀 더 좁고 높은 동상을 만들 것이다!"

"움직여! 암석들을 모아오란 말이다!"

나는 암석을 캐는 척하며 슬쩍 그 장소를 빠져나왔다.

다행히 알아차리고 붙잡는 마물은 없었다.

단체 식사 직후라 분위기가 어수선했다. 동상 건설 현장에서 멀어져 언덕 위로 올라갔다.

"불락."

15층 전반에 걸쳐 수없이 많은 동상들이 세워지고 있었다. 모두 특정 우월자의 모습을 본 따 건설 중이었다.

나는 저런 비효율성에 참가할 생각이 없다.

혼자서라도 효율성을 따르겠다.

달텅을 어찌 찾으면 좋을까.

타다다닥.

일단은 15층 구석 쪽으로 움직였다. 가급적 다른 마물들과는 마주치지 않으려 했다.

또 강제 노역에 동원되긴 싫었으니.

"불락."

이동하던 도중 떠돌이 마물 몇을 발견했다.

딱 2마리였는데, 덩치는 나보다 약간 컸다.

일단 돌 바위 뒤에 숨어서 상황을 지켜보았다.

"멍청한 놈아! 옆으로 밖에 못 걸을 정도로 멍청한 거니? 그만 돌아가자고! 걸리면 죽어."

"시끄러워! 우리끼리 작게라도 동상을 만들자고. 그러면 귀찮게 일일이 감독관 명령을 따르지 않아도 돼!"

"불렉. 그러다 걸리면 죽는다니까. 태양에게 선택 받지도 않았는데 무슨 수로 동상을 만들어."

"수천 번 만들어보니까 대충 알 거 같아!"

"잘못하면 태양 모독이 된다니까!"

"시끄러워, 겁쟁아! 그냥 너는 나만 믿고 따라오면 돼."

"뭐라고? 겁쟁이? 멍청한 주제에! 크롸아아아!"

털컥.

마물 중 하나가 친구에게 불을 뿜었다.

불에 맞은 마물은 얼른 계집을 만들어 자신을 보호했다.

"미쳤어? 크롸아아아!"

이번엔 불에 맞은 마물이 역으로 불을 뿜었다. 마찬가지로 상대 마물은 계집을 만들어 자신을 보호했다.

뭐하는 짓이지. 서로 해할 수 없단 걸 알고 그냥 승질을 부리는 거 같다. 보아하니 떠돌이 마물들도 꽤 많은 거 같다.

감독관에게 갑질을 당하는 게 싫어서 나처럼 무리에서 도망쳤나 보다.

다다닥.

괜히 시비가 걸리기 싫어 조용히 우회해서 이동했다.

타다다닥.

훨씬 더 구석 쪽에 가까워졌다.

"불라락. 잘못 걸렸구나."

"불레엑! 놔주세요! 떠돌다가 잘못 들어온 거뿐입니다! 좀 더 성질이 덜 더러운 감독관을 원했을 뿐이에요!"

"불락. 어림없다. 이 구역에 들어온 이상 죽음뿐이다."

콰자작!

의외였다. 태양 주변에 있을 줄 알았던 1만 대 서열의 마물들이, 되레 구석 쪽에서 어슬렁거리고 있었다.

거대한 1만 대 서열의 마물은 떠돌이 마물을 집게손으로 집어 들었다.

그리곤 단번에 마물을 절단시켜 즉사시켰다. 죽은 마물은 억대 서열인 듯 덩치가 정말 작았다.

"불락."

서열 차가 크면 저리 될 수도 있구나.

난 더더욱 구석 쪽에서 실험을 하고 싶어졌다.

저토록 막아서는 존재가 있다면, 뭔가 숨길만한 요소가 있다는 거였다.

그 외에도 쉽사리 누군가 들어오지 않을 테니, 몰래 폭발 실험을 하기에 유용할 터였다.

"불라락."

현재 내 서열론 1만 대 서열의 마물과 싸울 수 없었다.

설사 각성을 하더라도 말이다.

하지만 방법이 아예 없는 게 아니었다.

내가 직접 움직이지 않아도 되니.

1만 대 서열의 마물들이 경계를 서는 곳에서 멀찍이 떨어졌다.

[파이어 엔리멘탈 소환.]

"크롸아아아!"

그리곤 파이어 엔리멘탈을 소환했다.

전에 본대로 상반신만 있는 인간형 소환체였다.

-그우웅.

파이어 엔리멘탈은 주인인 내게 고개를 숙였다.

"가서 저 마물을 공격해."

-그웅!

파이어 엔리멘탈이 명령대로 스르륵 1만 대 서열의 마물에게 다가갔다. 덩치 자체는 1M 정도로, 아주 큰 편은 아니었다.

"불렉. 뭐야. 누가 보낸 거야."

조용히 다가오는 파이어 엔리멘탈을 보고 경계를 서던 마물이 당황했다.

파이어 엔리멘탈은 척 두 손을 치켜들었다.

"멈춰라! 나도 태양을 섬기는 자다! 감히 누굴 공격하려 하는 것인가!"

쾅! 쾅!

파이어 엔리멘탈이 두 손에서 화염 덩어리를 뿜었다.

콰작! 콰작!

"불레에엑! 이런 미친! 감히 나를 공격하다니! 곧 태양을 공격한 것이나 다름없다!"

경계를 서던 마물의 갑각에 구멍이 두 개 뚫렸다. 마물은 피를 쏟으면서 잔뜩 분노했다.

쾅!

마물이 파이어 엔리멘탈에게 집게손을 내리쳤다.

허나 파이어 엔리멘탈은 옆구리에서 불을 뿜으며 순간적으로 공격을 피했다.

-그우웅.

회피력도 엄청나구나.

"크롸아아! 죽어라!"

의외로 1만 대 서열의 마물은 소환 능력이 없는 듯 했다. 오로지 자신의 능력으로 싸우는 중이었다.

그럼에도 놈도 태양을 섬긴다고 했었다.

그럼 태양이 시킨 뭔가를 하느라 구석 쪽에서 경계를 서는 것이렷다.

저 마물 외에도 듬성듬성 큰 마물들이 경계를 서고 있었다.

-그우웅.

쾅! 쾅!

파이어 엔리멘탈이 약 올리듯이 마물을 감싸고 돌며 화염구를 쐈다.

"크롸아아아! 이게 대체 무슨 일이냐! 태양의 심복이 나를 공격하다니! 태양이시여! 절 벌하시는 겁니까!"

1만 대 서열의 마물은 360도로 촉수를 회전시켰다. 그러면서 동시에 입에서 불을 뿜었다.

텅!

이파이어 엔리멘탈은 순간적으로 아래 부분에서 불을 뿜어 날아올랐다. 그리곤 묵묵히 화염구를 쏘아 보냈다.

"불레에엑. 태양이시여. 대체 제가 뭘 잘못한 것…"

쿵.

마침내 경계를 서던 마물이 쓰러졌다.

콰아아아.

나는 터득했던 감각을 이용해 파이어 엔리멘탈을 거두었
다.

"불락."

과연 엄청난 힘이었다. 비슷한 덩치의 마물은 녹이거나
으깨버리고, 심지어 큰 마물도 요리조리 피하며 화염구를
쏴서 상대한다.

그야말로 전투에 특화된 소환체였다.

감독관들이 거들먹거릴 만 했다.

다다닥.

나는 태양을 섬기지 않고도 그 힘을 얻어냈다.

"불락, 불락!"

얼른 허점이 드러난 곳을 지나쳤다.

소란이 일어났으니 다른 큰 마물들이 이곳으로 몰릴 것
이다. 그 전에 지나쳐야지.

[2성 각성.]

쿠드드득.

각성을 하자 내 갑옷이 세련된 갑옷처럼 날렵해졌다. 단
순히 덩치가 커지는 게 아니었다.

집게의 날도 칼날처럼 날카로워졌다.

타다다닥.

각성한 관절로 얼른 15층 구석의 깊은 곳으로 이동했다.

쿠드드드득!

먼지 때문에 멀리선 볼 수 없는 광경이었다.

보아하니 구석 쪽에선 수직으로 돌들이 빨려 올라가고 있었다.

쿠드드득!

엄청나게 큰 암석들을 위층으로 운반하고 있는 것은 안정적이지만 강력한 회오리바람이었다.

"불락."

"불라락."

바위산을 잘라서 회오리에 암석을 집어넣는 존재 역시 결코 평범치 않았다.

우월자 중에서도 7위부터 11위인 자들이었다.

"불락. 서둘러. 오늘 할당을 올려 보내야 한다."

우월자들은 불타는 집게손을 이용해 바위산을 깎아내고 있었다.

과연 크기에 어울리는 작업 규모였다.

쿠드드득!

문득 의아해하긴 했었다.

동상을 위해 쓰이는 암석 재료가 왜 그리 풍부할까. 전 층이 암석을 써나가는데도 전혀 부족해 보이지 않았다.

그 이유는 암석이 매순간 자라나기 때문이었다. 다른 곳은 눈에 띌 정도가 아니었지만, 구석 쪽은 특히 자라는 속도가 빨랐다.

-그으으으.

"불락. 조금만 참으십시오. 속도에 박차를 가하고 있습니다!"

"어서 나르자고요!"

우월자들이 암석을 자르는 곳에는 초대형 거북이의 눈이 드러나 있었다.

"불락."

15층 전체가, 상상을 초월할 정도로 큰 마물 거북이의 등껍질로 구성돼 있었다.

❖

문득 회오리바람을 타고 위층으로 가면 어떻게 될까 생각해보았다.

몸이 찢기지만 않는다면, 신분상승 없이 위층으로 이동하는 것이었다. 허나 육신은 그대로 15층 마물이겠지.

그럼 많이 불리할 것이다.

아쉽네. 저런 상승 요소가 많다면, 그리고 육신이 충분히 강력해서 위층에서도 활약할 수 있다면 층을 직접적으로 생략할 수 있을 테다.

쿠드드득!

-그어어어.

"죄송합니다! 더 빨리 걷어내겠습니다!"

15층 초대형 마물 거북이가 불편한 듯 신음을 흘려냈다. 15층 우월자들은 쩔쩔매며 얼른 거대한 집게손으로 바위산을 잘라냈다.

"블락."

나는 조금 동떨어진 구역에서 실험을 강행하기로 결정했다.

우월자들 주변이라 분명 위험하긴 했다. 하지만 그만큼 장점이 많았다.

일단 1만 대 서열의 마물들이 경계를 서는 덕분에 격리된 구역이다. 게다가 회오리바람의 먼지와 소음 때문에 폭발 실험을 해도 들킬 확률이 적었다.

타다다닥.

나는 외진 언덕으로 이동했다.

쭉 둘러보니 다양한 암석들이 배치돼 있었다. 게다가 언덕은 더 높은 바위산으로 둘러싸여 있었다.

딱 좋네.

쿠득, 쿠드득!

분주히 돌아다니며 다양한 암석들을 모았다.

동상 건설에 참여하길 잘한 거 같다. 직접 작업하며 경험하니 어느 암석이 어느 정도 필요한지 감이 왔다.

"불락."

충분히 암석을 모은 다음 잠시 고민했다.

효율성만 극대화할 방법이라.

동상은 분명 그 자체로는 제 기능을 했다. 하지만 특정 우월자를 칭송하는 목적이 너무 강했다.

그래서 불필요한 부위나 작업이 너무 많았다.

"불라락!"

기존에 내가 알고 있던 상식을 인용해야겠다.

나는 폭발에 적합한 배합대로 새로운 형태를 만들기 시작했다.

그것도 소형으로 말이다.

쿠드득, 쿠득!

"콰아아아!"

작게 조합한 암석들을 불을 뿜어 변형시켰다.

다크록에 직접 열이 전달되지 않도록 가열부위를 만들었다.

그 위에는 적절한 역할의 암석들을 원통 구조로 쌓아 올렸다.

"불라락! 다이너마이트!"

뿌듯한 맘에 외쳤다. 나는 집게손으로 집을 만큼 작은 모양의 폭탄을 만들었다.

동상에 비하면 화력이나 기능은 초라할 테였다. 하지만 휴대성이나 크기 대비 성능을 생각한다면 꽤 쓸 만하겠지.

틱, 틱!

"불라락."

다이너마이트에 한껏 쓰레기를 구겨 넣었다.

타닷!

그러다 아차 하는 생각에 촉수로 땅을 후려쳤다.

화력을 몇 배로 늘일 방법이 있는데 왜 굳이 쓰레기를 채워 넣지.

비율은 좀 달라지겠지만, 실험이니 상관없다.

콰드득, 콰득!

잔뜩 다크록을 캐냈다.

그리곤 촉수로 부드럽게 갈아서 다이너마이트의 빈 통에 다크록 가루를 채워 넣었다.

촉수에는 특수한 체액이 감돌아서 마찰력을 내도 다크록에 불이 붙지 않았다.

"불라락."

1차 다이너마이트를 완성했다.

다다닥.

언덕 한쪽으로 이동했다.

그곳엔 움푹 파인 곳에 잔뜩 쓰레기가 쌓여있었다. 15층 곳곳의 천장 구멍에선 끊임없이 쓰레기가 쏟아지고 있었다.

휙!

다이너마이트를 멀지 않은 곳에 던졌다.

그리곤 다이너마이트가 던져진 쓰레기 더미에 불을 뿜었다.

"콰아아아아!"

다이너마이트가 급격히 붉게 달아올랐다.

거의 즉각적인 속도였다.

[2성 각성.]

타다다닥.

얼른 쓰레기더미로부터 멀어졌다.

콰과광!

금세 과격한 폭발음이 들려왔다.

나는 훅 쓸고 지나가는 열기를 느낀 다음, 다시 쓰레기더미로 돌아갔다.

"불렉."

쓰레기더미가 기대대로 폐기물로 녹지 않았다.

대신 완전히 불에 타서 재가 된 모습이었다. 게다가 다른 쓰레기더미에도 조금 불이 붙은 모습이었다.

1차 시도는 실패네.

"불락. 계속 해보면 되지."

일단 주변을 슥 둘러보았다.

다행히 방금 폭발로 다른 마물이 꼬이진 않았다.

역시 회오리바람 주변에 자리를 잡길 잘했다.

지금은 그리 강하지도 않은데 태양 모독자로 몰리면 곤란하다.

"불라락."

이번엔 총 3가지 종류의 다이너마이트를 제작했다.

크기가 작고 간단한 원통형 구조라 금세 제작이 가능했다. 괜히 거대하고 부담스런 동상과는 느낌 자체가 달랐다.

털컥!

하나에는 쓰레기를 채워 넣었다.

하나는 다크록 비율을 줄이고 다른 암석들의 비율을 높였다.

마지막 다이너마이트는 쓰레기를 반 채워 넣고, 다크록을 반 채워 넣었다.

쓰레기가 단순히 처리대상이 아니라, 그 자체로도 폭발에 기여하나 싶어서 만든 것이었다.

"불라락!"

휙! 휙휙!

다이너마이트 3개를 각각 다른 곳에 던져 넣었다.

"불락."

심호흡을 한 뒤 순차대로 쓰레기 더미의 각각 다른 3곳에 불을 뿜었다. 도망갈 시간 따윈 없었다.

털컥, 틱!

몸을 오므려 순식간에 게집을 만들었다.

콰과광! 쾅쾅!

순서대로 3번의 폭발음이 들려왔다. 당연히 내 갑각을 뜨거운 폭발의 화염이 3번이나 덮었다.

역시 전에 확인한 대로 실질적인 피해는 없었다.

그저 감각이 뜨겁게 달구어지는 정도였다.

"불라락! 확인해볼까."

다다다닥.

얼른 쓰레기더미로 내려가 결과를 확인했다.

가장 가능성이 보이는 결과는 3번째 다이너마이트의 것이었다. 역시 쓰레기의 성분도 완성된 폭발에 기여하는 듯했다.

나는 촉수를 넣어 뜨거운 폐기물을 휘적거렸다.

아쉽게도 주홍구슬은 없었다. 쓰레기와 다크록의 비율이 1대1이면 안 되는 거 같다.

쓰레기의 비율이 더 많아야겠군.

"불락."

비율이야 차례대로 늘여가며 실험해보면 된다.

나는 다시 쓰레기더미를 빠져나와 암석들을 캤다.

달텅이 있었다면 실험이 더 빨리 진행됐을 텐데. 지금으로썬 찾아다닐 여유가 없다.

다시 1만 대 서열 마물들의 경계를 지나치기도 번거로웠고.

쿠드득, 쿠득.

나는 쉬지 않고 분주히 실험을 계속했다. 동상 건설에 참여해보느라 밤을 반 이상 보내버렸다.

그만큼 동상 건설은 고되고 인내심이 필요한 작업이었다.

지금부터라도 박차를 가해야한다.

수십 번이나 실험을 반복한 후 그나마 완벽에 가까운 다이너마이트를 완성할 수 있었다.

수차례 반복해도 기능이 분명했다.

나는 완성된 다이너마이트의 공식과 배합 구성을 철저히 암기했다.

"불라락! 콰아아아!"

불을 미리 가한 다음 다이너마이트를 쓰레기더미에 던졌다.

쾅!

짧고 간결하며 깔끔한 폭발음.

얼른 내려가 그물채로 폐기물을 휘저었다.

"불락, 불락!"

-레벨 업!

-레벨 업!

짧은 새 제작해 터뜨린 것이었음에도 주홍 구슬이 나왔다. 나는 주홍 구슬 2개를 삼킨 다음 쓰레기 더미를 빠져나왔다.

"불락. 그렇지! 콰아아아!"

[파이어 엔리멘탈 소환.]

-그우웅.

불을 뿜어 소환체를 불러냈다.

달텅이 없다면 이 녀석이라도 날 도울 수 있지 않을까.

"싸우는 것 말고도 나를 도울 수 있는가?"

─그웅.

파이어 엔리멘탈이 자신 있게 고개를 끄덕였다.

"그럼 태우지 말고, 내가 시킨 암석들을 잔뜩 이곳에 쌓아놔 줘. 빠르고 많을수록 좋아!"

─그우웅!

파이어 엔리멘탈이 내 지시에 따라 움직이기 시작했다. 꼬리에 불을 단 채로 분주히 내가 가리키는 암석들을 가져왔다.

─그우웅!

쿠드득, 쿠득!

다행히 파이어 엔리멘탈은 손의 온도를 조절할 수 있었다. 특정 암석을 쥘 때 급격히 손을 어둡게 하여 암석이 변하거나 상하지 않게 했다.

여러모로 정말 유용한 소환체네.

"불락. 좋아, 계속한다!"

덕분에 다이너마이트 제작에 박차가 가해졌다.

쿠드득, 쿠득.

─그우웅!

"좋아, 좋아. 계속하면 돼."

다행히 소환체를 유지할 수 있는 제한 시간 같은 건 없었다.

비록 훔친 것이지만, 태양이 부여한 능력답게 단점이 거의 없다시피 했다. 온통 장점 투성이었다.

"이제 제대로 폭식을 해볼까!"

던전이 슬슬 차가워질 즈음, 다이너마이트 30개를 완성했다.

"콰아아아아!"

집게손을 다이너마이트 더미에 뻗었다. 그리곤 하나씩 불을 붙여, 움푹 들어간 거대한 쓰레기 더미에 던졌다.

쾅! 쾅쾅쾅!

연달아 30번의 폭발이 일어났다.

전부 정량적이고 정제된 깔끔한 폭발이었다.

이상하게 쾌감이 느껴진다.

"불라라락!"

얼른 그물채를 들고 언덕 아래로 내려갔다.

다이너마이트를 30발이나 터뜨려서 그런지, 이번엔 쓰레기 더미가 눈에 띄게 줄어 있었다.

"불라락! 신난다!"

나는 15층 마물의 방식으로 흥얼거리며 주홍 구슬들을 수집했다.

한 번 떠내도 그물이 가득 찰 정도였다.

역시 효율성이 엄청나다.

다이너마이트를 이용하니 동상보다 훨씬 빨리 주홍 구슬을 얻을 수 있었다.

그럼에도 얻어지는 주홍 구슬의 양은 많았으면 많았지 적지 않았다.

더 좋은 점은 독식할 수 있다는 것!

[학습률2000% 선택.]

"불락, 불락!"

미친 듯이 성장했다.

이번엔 주홍 구슬의 개수를 채 세지도 않았다.

그저 먹고 또 먹었다. 움푹 파인 곳이라 폐기물이 재빨리 땅 아래로 스며들지도 않았다.

잠깐. 그러면 15층이 실제론 초대형 마물 거북이인 것이니… 폐기물이 거북이의 피부 구멍으로 스며든 다음, 14층을 생략하고 그 아래로 떨어지는 건가.

혹여 내가 14층에서 본 투명한 관들도 거북이의 일부인지 궁금해졌다.

"불락."

뭔가 괴기하면서도 효율적인 구조이긴 하네.

"불라라락!"

몸이 육중하게 커진 게 느껴졌다.

집게손과 촉수만 봐도 알 수 있었다. 집게손은 이제 거의 가위라 칭할 정도로 위협적으로 발달했다.

[잠재된 유전자가 활성화되었습니다! 왼 손 촉수 다발에 돌기가 자라나 더 효과적인 작업 수행이 가능해졌습니다!]

[잠재된 유전자가 활성화되었습니다! 더 촘촘한 게집

구성이 가능해집니다. 웬만한 폭발은 모두 견뎌낼 수 있게 됐습니다!]

굳이 파이어 엔리멘탈이 아니더라도, 웬만한 마물은 내 힘으로 상대할 수 있게 됐다.

[카몬 – 15층 – 201위.]

놀라웠다.

학습률2000%와 엄청난 폭식이 합쳐지니 입이 떡 벌어질 정도로 서열이 올랐다.

뫼비우스 초끈의 숙련도가 더 올라가면, 학습률이 3000% 혹은 그 이상에 도달할 테였다.

그럼 점점 더 각 층을 그냥 지나친다는 기분으로 대할 수 있게 된다.

135층이 점점 더 가까워지는 기분이다.

"불라락! 궁금하네."

몸집이 거대해지고 서열이 오르니 여유가 생겼다.

맘만 먹으면 오늘 밤 안에 우월자 서열에 들어갈 수 있을 거 같았다.

다이너마이트를 발명한 덕에, 14층에서 고생한 거에 비해선 훨씬 쉽게 여기까지 왔다.

"파이어 엔리멘탈. 쓰레기 더미에 내려가 있어 봐."

–그우웅.

대기하고 있던 파이어 엔리멘탈을 쓰레기 더미로 내려보냈다.

나만 소환 능력이 있는 것이 아니다. 태양을 섬기는 대부분이 가지고 있는 능력이었다. 게다가 내 것보다 우월한 소환체가 분명 존재할 것이다.

　그러니 탐구해보는 게 좋겠지.

　파이어 엔리멘탈의 취약점이나 약점을 말이다.

　"불락!"

　휙!

　다이너마이트를 하나 새로 만들어 파이어 엔리멘탈에게 던졌다.

　15층 마물은 게집을 만들어 폭발을 견딜 수 있다. 하지만 파이어 엔리멘탈에겐 갑각이 없었다. 혹시 폭발이 통하지 않을까.

　쾅!

　파이어 엔리멘탈이 직접적으로 폭발에 노출됐다.

　허나 마주한 결과는 내 예상과 정반대였다.

　[강화 성공! 파이어 엔리멘탈+1로 등극했습니다.]

　이번엔 아예 예상 못 한 발견이었다.

　가능성조차 생각 못했다.

　폭발이 소환체를 강화할 수 있다니!

　아마 태양에게 선택받은 자 중에서도 아는 이들이 많지

않을 것이다. 이것이야 말로 발명의 기쁨이 아닐까.

"불라락!"

안 그래도 파이어 엔리멘탈은 좀 더 형태가 뚜렷해지고 어깨가 넓어졌다.

나를 무표정하게 올려다보고 있었다.

"불락! 계속 거기에 있어!"

어차피 좀 있으면 밤이 끝난다.

그 전에 최대치로 파이어 엔리멘탈을 강화하기로 했다. 나는 분주히 다이너마이트를 제작했다.

암석 재료는 아까 파이어 엔리멘탈이 충분히 쌓아놓은 상태였다.

휙!

다이너마이트를 가열한 다음 망설임 없이 파이어 엔리멘탈에게 던졌다.

혹시 폭발이 과하면 강화에 무리가 갈까봐, 한꺼번에 던지진 않고 1개씩 따로 던졌다.

쾅!

[강화 성공! 파이어 엔리멘탈+2로 등극했습니다.]

역시 우연이 아니었다. 폭발의 에너지가 태양으로 가지 않고 소환체로 스며들자, 파이어 엔리멘탈의 덩치나 형태가 성장했다.

"불락, 불락."

휙! 쾅!

남은 시간 내내 다이너마이트를 던졌다.

폭발의 쾌감에 더해, 묘하게 파이어 엔리멘탈에게 먹이를 주는 기분이 들었다.

쾅!

[강화 성공! 파이어 엔리멘탈+10으로 등극했습니다. 주인의 명령에 따라 형태를 바꿀 수 있게 됩니다!]

물론 폭발을 머금고도 강화에 실패하는 경우가 있었다.

[강화 실패! 파이어 엔리멘탈+14에 머뭅니다.]

다행히 그간의 강화가 무효화되진 않았다.

휙! 쾅!

셀 수 없이 많은 다이너마이트를 투자한 결과, 결국 파이어 엔리멘탈은 극강의 소환체로 등극했다.

[강화 성공! 파이어 엔리멘탈+23로 등극했습니다. 자체 폭발 능력을 얻게 됐습니다. 에너지 재충선 시 재사용이 가능합니다.]

이제 파이어 엔리멘탈은 가히 거인이라 할 정도의 크기를 가지고 있었다. 자체적으로 화염을 통해 갑옷까지 갖춘 모습이었다.

내가 폭발 실험을 계속한 언덕 밖에서도 상반신이 훤히 보일 정도였다.

이 정도라면 이제 15층을 휘젓고 다닐 수 있지 않을까.

[소환수 귀환.]

콰아아아아.

아직 시선이 모이면 곤란하다. 나는 소환체를 거두고 남은 짧은 시간동안 다이너마이트를 계속 터뜨렸다.

[학습률2000% 선택.]

소환체가 충분히 강해졌으니 내 서열을 좀 더 올려야 한다.

[카몬 – 15층 – 155위.]

계속해서 주홍구슬을 삼켜 넘겼다.

어찌나 폭식에 몰입했는지, 밤이 끝난 것도 모르고 폐기물을 뒤적거리는 중에 눈을 감았다.

정말 기절하듯이 밤의 끝을 맞았다.

밤의 잔상은 내 예상을 크게 벗어나지 않았다.

온 몸에 뜨거운 열과 함께 식은땀이 흘렀다.

그와 함께 손가락과 발가락이 뒤틀리듯이 꿈틀거리며 고통에 휩싸였다.

"끅! 끄윽!"

밤의 잔상이 심해질수록 몸이 새우처럼 접혔다.

게집의 감각이 남은 건가.

"으악!"

결국엔 한쪽 손의 검지와 엄지에 쥐가 나는 것으로 밤의 잔상이 끝났다. 집게손의 잔상이 분명하다.

"후."

시큼한 냄새가 감돌 정도로 땀을 많이 흘렸다.

나는 벌떡 일어나 얼른 온 몸을 깨끗이 씻고 옷을 갈아입었다.

오늘은 드디어 수준 평가를 보는 날이다.

"후!"

가뿐한 맘으로 집을 나서 재수학원으로 향했다.

공부에 매진하고 있을 줄 알았던 최여진이 날 기다리고 있었다.

그리곤 모두가 보는 앞에서 대놓고 엿을 건넸다.

"붙어라! 못 붙으면 맨날 놀리고 구박할 거야, 헤헤."

"아이고, 꼭 붙어야겠네."

내가 겁먹은 표정을 해보이자 최여진이 씩 웃었다.

작은 행동이었지만 그녀가 대놓고 내게 엿을 준 것은 많은 의미를 내포했다.

일단 공개적으로 나와 특별한 사이라는 걸 드러냈다. 그 외에도 그녀가 어장을 친다는 소문을 잠재우기에 적합했다.

"이열!"

최여진이나 나를 아는 사람들은 지나가며 저마다 추임새를 넣었다.

"잘 봐, 너도!"

최여진의 어깨를 토닥여주었다.

최여진이 배시시 웃고는 자기 반으로 들어갔다.

나는 펜던트에 감각을 불어넣었다.

"후으으."

그리곤 순식간에 0포인트 상태에 접어들었다.

수능을 제외하면, 바로 이 순간이야 말로 0포인트 상태가 필요한 이유다.

낮 시간에 한 번 몰아서 싹 공부를 했으니 문제없을 거다.

머릿속에 각종 지식과 공식들이 바다처럼 넓고 유리처럼 맑게 떠다녔다.

"자, 모두 앉으세요. 컨닝 하면 학원 퇴사입니다. 알죠?"

사실 말로만 하는 경고이긴 했다.

학생들은 저마다 고개를 끄덕이고 시험지를 받아들었다.

나 역시 씩씩하게 시험지를 받아들어 내 이름을 적어 넣었다.

"잘 보세요."

"그쪽도요!"

이희진이 속삭이며 응원을 해주었다.

나도 밝게 웃으며 대응해줬다.

이희진은 오늘만큼은 건강하고 당찬 표정을 짓고 있었다. 이번엔 반드시 시험에 통과해 A반에 입성하겠다는 각오였다.

그간의 열등감에 찌든 표정과는 사뭇 다른 분위기였다.

이번 시험은 수능 전에 치르는 모의고사 느낌이 강했다.

그만큼 분량이나 난이도가 무지막지하긴 했다.

"10분 지났습니다."

전 학생을 테스트해야 하니 난이도가 쉬운 것부터 어려운 것까지, 매우 다양했다.

"15분 지났습니다."

나는 15분이 지나서야 펜을 집어 들었다.

지난번처럼 괜히 시험을 일찍 끝내서 이상한 반응이 나오지 않게.

슥슥.

막힘없이 문제를 풀어내려갔다.

내가 문제를 낸 게 아닌가 싶을 정도로 답이 분명히 보였다.

"풋."

그러면서 문제의 출제 경향이나, 쉽게 티 나지 않는 유머 요소들도 십분 이해하게 됐다. 정답을 알아야만 이해할 수 있는 학문적 유머였다.

"아."

어려운 문제도 잠깐 고민하면 충분했다.

"30분 남았습니다."

이번에도 한 과목을 싹 해치워버렸다.

다시 검토를 하는 데도 10분 이상을 쓰지 않았다. 일부러 느리게 풀려고 해도 숨을 쉬듯 나도 모르게 완전 몰입에 빠졌다.

"후."

조용히 앉아서 기지개를 켰다. 어차피 시험이 끝날 때까지 진 별다른 일을 할 수 없다.

그래서 시험지 구석에 낙서를 하며 생각을 정리했다.

진석철의 조직을 키워주는 게 제일 먼저 할 일이다. 일단 내실을 다지는 게 급하다고 하는데, 내게는 어려운 일이 아닐 거 같았다.

"10분 남았습니다."

그 외에도 레이드를 돌 생각이다.

이번엔 단순한 갑질 레이드가 아니었다. 놀랍게도 여왕 거미는 말을 하는 게 가능했다.

즉 그녀에게는 진석철에게 그랬던 것처럼, 단순갑질이 아닌 갑질 심문이 가능했다.

이제까지 틈새에 관한 정보는 딱히 밝혀진 게 없었다. 조금 있다 하더라도 극비사항이겠지.

"후아."

"5분 남았습니다."

하지만 내겐 아니었다.

곧 여왕 거미에게 생생한 틈새의 비밀을 전해 듣게 될 것이다. 적어도 그녀가 아는 만큼은 알게 되겠지.

"시험 끝났습니다. 앞으로 내세요. 빨리. 펜 놓으세요."

시험 감독관이 학생들을 닦달했다.

그러는 중에서 난 여유롭게 앞으로 시험지를 넘겼다.

잘못 시험을 보면 A에서 B반으로 떨어질 수도 있었고, B반에서 훨씬 아래 반으로 떨어질 수도 있었다.

모든 분반은 철저히 성적에 기반하여 구성됐다.

그래서 사람들은 잔뜩 긴장한 표정이었다.

반면 나는 오로지 최여진의 옆자리만을 생각 중이었다.

"잘 보셨어요?"

"네."

"와. 단호박이네. 진짜 잘 보셨나 보다."

이희진이 놀라워하며 박수를 쳤다.

표정을 보니 그도 시험을 제법 잘 봤나 보다.

"가죠. 제가 커피 살게요."

"웬 일로요. 하하."

"아유, 그동안 엔간히 많이 얻어먹었잖아요."

"앞으로 같이 A반 가서도 얻어먹을 거죠?"

"푸하하. A반 가면 제가 계속 사야죠."

이희진이 기분이 좋은 듯 이번엔 매점 간식을 자기가 샀다.

작은 행동이었지만 의미하는 바가 컸다.

"잘 봤어?"

최여진이 걱정스럽게 다가와 물었다. 나는 자신 있게 고개를 끄덕여주었다.

"헤헤. 듬직하네, 짜식!"

최여진이 툭 치고는 다시 자기 반으로 들어갔다.

296 **신분상승**³
가속자

그 뒤로도 하루 종일 시험을 봤다.

결과는 매우 긍정적이라 볼 수 있었다.

"으. 배고프다. 먹으러 가자!"

"수고 많았어. 내가 맛있는 거 사줄게."

"어유, 시험 잘 봤나 봐?"

"이제 내 여친 옆 자리는 내 거다."

"꺄하하!"

최여진과 즐겁게 늦은 점심을 먹었다.

그러면서 검은 스마트폰으로 진석철에게 문자를 넣었다.

-현재 조직의 간부들 전부 올림푸스로 집합시키세요. 충성심이 애매한 인원들 전부 골라내줄 테니. 한 3시간 뒤쯤이 적절하겠네요.

진석철에게 곧장 답장이 왔다.

-오! 감사드립니다. 역시 무시무시하신 분이십니다. 새로운 상사를 모시게 돼서 영광입니다.

다음은 구마준에게 다시금 장비와 E급 틈새를 부탁했다.

"그럼 A반에서 보자, 이제!"

"꺄하하. 자신감 넘치네. 보기 좋다."

최여진과 헤어진 후 택시를 타고 구마준이 일러준 장소로 이동했다.

장거리라 요금이 꽤 나왔지만 이젠 내게 푼돈일 뿐이었다.

"후!"

장비를 갖춘 채로 E급 틈새에 진입했다.

❖

아머드 스파구를 활용한 갑질 레이드를 3차례 끝마쳤다. 이제 레벨이 200을 넘어서고 있었다.

공식적으로 D급 헌터의 반열에 오른 것이었다.

"후아!"

스파구 체액에 범벅이 된 아머를 한 차례 흔들었다. 끈적한 액체가 사방으로 튀었다.

아머드 스파구는 과연 갑질로 부려먹기에 쓸 만한 괴수였다. 위에 올라타서 다른 스파구들을 짓밟고 다니는 재미가 꽤 쏠쏠했다.

허나 진짜 중요한 한 번의 레이드가 더 남았다.

이제 난 여왕 거미에게 갑질을 할 서열을 갖췄다.

그녀의 이야기를 들어볼 차례다.

스르르륵.

강철 방패와 프로스트 스피어를 장비한 채 틈새에 들어섰다.

탓!

그리곤 귀찮다는 듯이 첫 번째와 두 번째 구간을 생략해버렸다. 물론 괴수들은 죽어라 날 따라왔으나 개의치 않았다.

"필요 없어."

심지어 세 번째 구역마저 지나쳐버렸다.

이제 내 뒤엔 수백 마리의 괴수들이 따라붙은 상태였다.

얼마나 숫자가 많은지, 채 한꺼번에 따라오지 못하고 버벅거릴 정도였다.

-꺄하하하! 내 아이들을 잔뜩 끌고 왔구나! 다 같이 인간의 살결을 맛보게 되겠어! 거미줄에 묶어서 천천히 녹여 먹어 주리라!

여왕 거미가 의기양양하여 소리쳤다.

보통이라면 미친 짓이 분명했다.

틈새의 괴수 전부를 몰고서 우두머리에게 향하는 짓은 말이다. 필시 집중 공격을 받게 되는 자살 행위였다.

하지만 내 경우는 달랐다.

자신 있게 여왕 거미에게 말했다.

"다 돌려보내. 우리 둘만 이 공간에 남도록 만들어."

내 말에 즉각 여왕 거미가 반응했다.

-모두 제자리로 돌아 가! 어미의 명령이다!

여왕 거미가 무지막지한 양의 페로몬을 뿌려댔다.

"샤아아아."

"케헤에에엑."

그러자 수백 마리의 괴수들이 모두 순순히 뒤돌아 물러갔다.

-이 무슨! 상관없다! 내가 직접 죽여줄 것이야!

여왕 거미가 분개하며 장대 망치를 만들어내려 했다. 나는 나지막하게 말했다.

"그만. 제자리에 앉아. 어떠한 공격이나 행동도 금지한다. 그냥 내 말에만 대답해."

쿵.

여왕 거미가 순순히 자리에 앉아 경악한 눈으로 날 쳐다보았다.

여왕 거미는 도저히 이해가 되지 않는지, 경직된 표정으로 날 내려다보았다.

덩치가 커서 다리를 접고 주저앉아도 나를 내려다보는 상태였다.

-대체! 네가 왜 군주의 권한을 가지고 있는 거지?

"뭐라고?"

의외로 여왕 거미는 갑질 자체에는 놀라지 않았다. 단지 갑질이 아니라 군주의 권한이라고 했다.

"설명해 봐. 군주의 권한에 대해서."

-본래 우리가 살던 곳에서 지배자들이 마물들을 수월하게 통솔하기 위해서 뿜어내던 권능이다. 겨우 일개 인간인 네가 가질 리 없는 권능인데! 대체 네 정체가 뭐야?

여왕 거미는 얇게 떨었다.

그러면서 몸을 움직이려 해보았다. 하지만 역시나 아무런 소용이 없었다. 그녀의 육신 자체가 그걸 거부하고 있었다.

─꺄아아악! 이해가 되지 않는다.

"그러게. 나도 물어볼 게 많아. 그럼 그 군주의 권한을 가진 존재도 틈새에 있나?"

─틈새?

틈새는 내 쪽 문명에서 쓰는 용어였다.

그래서 여왕 거미가 좀 더 알아듣기 쉽게 말했다.

"여기 공간을 말하는 거다. 여길 뭐라고 부르지?"

─버블이라고 부른다. 인간인 너희들이 함부로 이름을 짓다니! 그 분께서 마련해주신 피신처이거늘!

확실히 마물과 대화가 가능하니 갑질의 장점이 배로 늘어나는 거 같다.

"어라."

문득 생각해보니, 마물과 대화가 가능하단 얘기는 한 번도 들어보지 못한 거 같다.

여왕 거미는 고사하고 더 높은 수준의 틈새에서도 그런 얘기를 들은 적은 없다.

뭔가를 중얼거린다곤 했지만, 나처럼 구체적인 대화를 했다는 얘기는 들은 적이 없다.

설마.

일단 틈새를 나간 뒤 좀 더 알아봐야지.

"그럼 이곳이 버블이라고 했지. 다시 묻겠다. 네가 말한 군주의 권한을 가진 존재도 버블에 존재하나?"

-아니! 그 분은 어그러진 심연에 계신다.

"거긴 또 어디지?"

-본래 우리가 살던 세계의 남은 찌꺼기지.

"남은 찌꺼기라? 더 자세히 설명해 봐."

일방적인 심문.

대상이 사람이 아니라 마물이었기에 모든 정보가 새롭고 낯설었다.

정부가 정보를 숨기고 있는 게 아니라면, 이렇게 대놓고 실상을 듣는 자는 어쩌면 내가 처음일지도 몰랐다.

-우리 세계는 수명을 다해서 멸망했어. 그래서 그 분께서 새로운 보금자리를 만들어주기 위해 버블에 우리를 나누어 담아주셨다.

"그럼 새로운 보금자리는 버블을 말하는 건가? 아니면 설마?"

-그래. 너희 세계야. 우리가 새롭게 서식할 공간이지. 그 분께서 보여준 바에 의하면 꽤 풍요로운 곳이더군. 약간 병들긴 했지만, 고등한 마물들의 능력이라면 금세 되돌릴 수 있다.

침략을 말하는 건가.

물론 틈새를 금세 공략하지 않으면 틈새에서 마물들이 튀어나온다.

하지만 현재 상황으로 따지자면 저들의 침략 계획은 대실패나 마찬가지였다.

웬만한 틈새는 생성되자마자 공략되는 판국이었다. 강한 헌터들이 득실거렸으니.

되레 틈새는 저편의 재료를 얻는 유용한 공간으로 인식되고 있었다.

오죽하면 방송 콘텐츠로 잡히기까지 할까.

"네 침략 계획은 실패 중인 거지. 맞지?"

내 갑질에 여왕 거미가 사악하게 웃었다.

-까하하하! 아니. 지금은 버블들을 한 데 모으는 중일뿐이다! 그 분께서 준비되면 너희 인간들 따위는 금세 쓸어버릴 수 있어!

"뭐라고? 지금은 준비 단계일 뿐이라고?"

내 말에 여왕 거미가 흥분하여 말했다.

갑질을 당하고 군주의 권한을 언급한 뒤부터는 완전히 평정심을 잃은 듯 보였다.

-그래! 버블들을 너희 쪽에 최적화 하는 중일뿐이야! 그 분이 준비되면 본격적인 침공이 이루어질 것이니라! 까하하하!

잔뜩 흥분한 여왕 거미에게 말했다.

"더 자세한 계획을 말해 봐."

-당연히 나는 그 분의 계획을 자세히 알지 못한다. 그냥 내 새끼들을 살릴 수 있어 다행일 뿐이야.

"너희 세계가 수명을 다했다고 했지? 그럼 진짜 종말을 맞은 건가?"

ㅡ원래 개체에 비하면 살아남은 개체수는 많지 않지. 이제 그 분 정도가 아니면 도저히 머물 수 없는 공간이 되었다.

"네가 말하는 그 분, 군주의 권한을 가졌다는 그 놈을 만나본 적이 있나?"

ㅡ없어. 그저 멀리서 기운만 느꼈을 뿐이야. 모든 마물들을 종말과 소멸로부터 구해줄 분이시다. 감히 네가 그 놈이라고 부를 분이 아냐!

기긱.

여왕 거미가 무리를 하면서까지 관절을 움직이려 했다.

그만큼 군주의 권한을 가졌다는 마물에 관해 발끈하는 것이었다. 대체 그 놈이 누구지.

왕 같은 존재인가.

틈새가 괴수들을 위한 피신처라고 한다. 게다가 지금의 틈새들은 그저 준비 단계일 뿐이라고.

"흠."

알려야 할 거 같긴 하다.

단지 일방적으로 말하고 다니기엔 아직 모든 게 이르다.

여왕 거미 말고 더 상위의 우두머리 괴수를 심문해봐야지.

조만간일 것이다.

"허!"

그러고 보니 똑같았다. 내가 밤에 마물의 언어를 쓸 때의 어감과 여왕 거미의 어감이 말이다.

사람들은 틈새의 존재들을 괴수라 불렀지만, 여왕 거미는 던전에서 그렇듯 자기 동류를 마물이라 불렀다.

"던전이란 곳을 알고 있나?"

–우리 세계에선 흔한 구조였지. 마력을 모으기 위한 특수 구조니라.

마력을 모은다라.

설마 그럼 내가 밤에 눈을 뜨는 곳이, 침략 계획을 준비하기 위한 전초 기지 같은 곳인가.

그렇다면 파괴해야만 한다.

"설마 네가 말한 군주의 권한을 보유한 마물이 던전에 머물고 있나?"

–꺄하하하! 아니! 그분은 어그러진 심연에 계시다니까! 그분을 담을 만큼 고등하고 우월한 던전은 존재하지 않을걸!

보통 강한 게 아닌가 보네.

일단 여왕 거미가 말하는 군주가 던전의 주인은 아닌 거 같다.

잠깐 혼란에 빠질 뻔 했는데 그건 아닌가 보군.

"근데 말이지. 나처럼 대화가 가능한 인간을 만나본 적이 있나?"

물론 한계가 많은 질문이었다.

여왕 거미가 인간을 만나봤으면 얼마나 많이 만나봤으랴.

-아니.

"역시 그렇군."

-헌데 인간 주제에 상당히 발음이나 어감이 유창하군. 버블에 들어오는 인간들은 다양한 재주를 선보인다고 전해 들었다. 네 놈도 그 중 하나인가?

여왕 거미는 심문이 이식된 대화를 강요당하고 있었다.

내가 묻는 모든 질문은 갑질로 인해 반드시 답해야만 했다.

그럼에도 완전 최면 상태가 아니라, 자의로 대화를 이어나가게 됐다.

그래서 그런지 몸이 묶인 그녀는 억지로나마 나와 대화를 이어나가고 있었다.

"그렇다고 생각해라."

굳이 자세히 설명해줄 필요는 없다.

"버블이나 네 세계에 관해 더 말해줄 게 없나?"

마지막 심문을 던졌다.

-없다. 내 새끼들을 건드리지 마라, 인간!

"네 놈들이 우리 세계를 탐내는 걸 알게 되니 더더욱 미련이 없어지네. 네가 죽으면 버블은 터질 거다. 늘상 그랬으니까."

-꺄아아아악! 어째서 네 놈 같이 하찮은 존재가 군주의 권한을! 죽일 것이다!

여왕 거미가 몸이 굳은 상태에서 검은 거미줄을 질질 흘렸다.

허나 그 뿐이었다.

서걱!

나는 프로스트 스피어로 간단히 여왕 거미를 처단했다.

<u>스르르륵.</u>

그리곤 틈새의 정수를 들고서 틈새를 빠져나왔다.

"후."

성과는 확실했다. 갑질로 우두머리 괴수를 심문한 결과 참으로 많은 걸 알게 됐다.

생각보다 상황이 심각하다는 것.

그리고 밤에서 말하는 마물이 틈새의 괴수들이 말하는 마물과 같은 어감을 품는다는 것.

"음."

산을 걸어내려가며 생각했다.

마물들은 갑질을 군주의 권한이라 부른다.

분명 나도 뫼비우스 초끈 때문에 얻은 능력이었다.

갑질 능력자는 나만이 아닌데. 그들은 나처럼 밤에 꿈을 꾼다고 한다.

"으!"

아직 완전히 이해하기에는 정보가 충분치 않다. 일단은 오늘의 결실로 만족하기로 했다.

　　-모두 모였습니까?

　　-그렇습니다! 사장님을 기다리며 대기 중입니다.

　　-알겠습니다. 곧 가지요. 먼저 자리를 시작하십시오.

　　-알겠습니다. 힘들게 전원 모은 자리니, 꼭 좀 부탁드리겠습니다. 조직만 제대로 장악해도 모든 게 수월해질 겁니다.

　　-걱정 마세요.

　　진석철과 문자를 주고받았다. 조직의 불순 종자를 제거할 유용한 자리가 마련됐다고 한다.

　　나는 유유히 산을 내려와 택시에 올랐다.

　　일단 오늘 안에 운전면허 필기에 통과해야겠다.

　　차를 직접 끌고 다니지 않으니 너무 불편하다.

　　띠리리리.

　　올림푸스로 향하고 있는데 검은 스마트폰이 울렸다.

　　당연히 걸려온 전화는 발신자표시제한이 걸려 있었다. 도베르만이 아니니 남궁철곤일 가능성이 컸다.

　　"여보세요."

　　-그래, 준후 군. 잘 지냈나.

　　묵직한 목소리. 곧바로 남궁철곤이란 걸 알 수 있었다.

　　잠깐 잊고 있었는데, 다시 거대한 그의 정신적 존재감이 상기됐다. 압도되는 느낌.

언제까지 그럴 순 없지. 빨리 뫼비우스 초끈의 숙력도를 올리고 서열을 높여 대등해지고 싶다.

"물론입니다. 달아 주신 재산을 펑펑 쓰면서 말씀하신 대로 돈에 질리려 하고 있습니다. 쉽지 않네요."

─하하. 잘하고 있네. 도베르만과도 어느 정도 대화가 됐다고 들었네. 첫인상을 상당히 멋지게 주었다고.

"잘 풀린 거 같습니다."

─그래. 절대적인 서열이 위인데 나이가 어리다고 망설일 것 없지. 자네 정도라면 몸만 좀 사리면 크게 어려운 일은 아니네.

남궁철곤은 갑질에 대한 신의가 엄청났다.

이제 대학교 새내기일 나이에게 서울의 지하 세계 장악이 어렵지 않을 거라 말하다니.

하기사.

내가 직접 싸우라는 게 아니었다.

체스를 두듯 갑질로 조폭들을 부리라는 것이었다.

"그렇죠. 열심히 해보겠습니다. 남궁이사님은 별 일 없으신지요!"

─그렇다네. 다음에 별장에서 와인이라도 하지. 술을 싫어한다고 해서 엷지만 향이 깊은 놈으로 준비할 생각이네.

"배려해주셔서 감사드립니다. 찰스를 죽인 놈은 잡으신 건가요?"

혹시나 싶어 물었다.

그러자 의외의 대답이 나왔다.

-아니. 대신 연류된 놈들을 찾았네. 지금 찍어주는 주소로 가. 찰스의 멘토들을 모아놨네. 같이 협력해서 갑질로 죽여 버려.

잔잔하게 말하는 남궁철곤의 말에 심장이 철렁 내려 앉는 거 같았다.

갑질로 헌터들을 죽이라는 거 같다.

하지만 찰스를 죽인 사람은 나인데.

대체 연류된 자들이 누굴까.

가보긴 해야할 거 같다.

"알겠습니다."

-찰스의 멘토라곤 하지만, 전부 장로 후보 아래 서열이야. 편하게 데리고 다니게.

"네."

-그럼 곧 보도록 하지. 본사에서 촬영을 해서 보내라는군. 찍어주는 타겟을 아주 잔혹한 갑질로 심판하도록.

남궁철곤이라고 해서 항상 매너 있고 품위가 있는 건 아닌 거 같다.

조직 대 조직의 갈등에선, 그도 조폭 못지않았다.

찰스처럼 시도 때도 없이 갑질로 폭력을 일삼지 않아서 그렇지, 찰스보다 되레 잔인했으면 잔인한 남자였다.

찰스가 하이에나였다면, 그는 검은 사자 같은 느낌이

었으니까.

"기사 아저씨. 죄송한데 방향 좀 바꿀게요."

"예에."

남궁철곤이 찍어준 곳으로 향했다.

그곳엔 텅 빈 창고가 위치해 있었다.

창고 주변은 물류 지역이라 어수선 했지만, 창고가 위치한 구역만큼은 한산하고 음산했다.

끼이이이익.

창고 문을 열고 들어가자 간이 조명에 중년 세 명이 모여 있었다.

"오셨습니까."

"반갑습니다, 김준후 씨."

"모시게 돼서 영광입니다. 이사님이 철저히 당부하셨어요."

중년 셋은 남궁철곤이 말한 찰스의 이전 멘토들인 거 같았다.

그렇게 외적으로 인상 깊진 않았고, 그저 배가 불룩 나온 평범한 중년들이었다. 동네에서 흔히 볼 법한 아저씨들의 모습이었다.

물론 양복을 입고 있어 아주 초라한 행색은 아니었다.

"갑질로 제거할 타겟이 있다고요?"

"그렇습니다. 일단 앉아서 설명을…."

중년 셋은 척 봐도 나를 간 보고 있었다.

그래서 간단히 서열 확인을 시켜주었다.

"제거할 타겟에 대해 읊어보세요."

내 말에 중년 중 하나가 사진을 내밀었다. 그리곤 그간의
관찰 사항을 보고하기 시작했다.

허나 아무 것도 들리지가 않았다.

사진만으로도 충분했다.

사진의 주인공은 구마준이었다.

〈4권에서 계속〉